Rita Roth
Sanddornliebe & Inselglück

Rita Roth

Sanddornliebe & Inselglück

Texte: Rita Roth – www.ritaschreibt.de

Covergestaltung: Chris Gilcher – buchcoverdesign.de
Bildmaterialien:
de.fotolia.com/id/175478365 – PointImages
de.fotolia.com/id/43251958 – Stephan Sühling
de.fotolia.com/id/93381801 – Alexandrakuz
Lektorat/Korrektorat: Textcheck Agency, Michaela Marwich
Buchsatz: Corinna Rindlisbacher – ebokks.de

Herstellung und Verlag: BoD – Books on Demand, Norderstedt

ISBN: 9783746091204

1. Kapitel

Klirrend und scheppernd wirbelten funkelnde Glassplitter und Scherben wie ein Sprühregen durch die Luft. Meine Ohren klingelten, automatisch ging ich in Deckung und hielt schützend einen Arm vors Gesicht. Reglos verharrte Sven an der Stelle, an dem ihm der Spiegel aus der Hand geglitten war. Er starrte auf den Parkettfußboden in unserem Schlafzimmer, und auf die winzigen, mit dem bloßen Auge kaum sichtbaren Splitter, die sich bis in alle Ecken verteilten. Der massive, hölzerne Rahmen blieb unversehrt und lag zu seinen Füßen.

»Verdammt! Du hast mich zu Tode erschreckt!«, fluchte Sven, rührte sich aber keinen Zentimeter vom Fleck.

»Das …, das wollte ich doch nicht! Ich wollte dich nur überraschen und …«

»Ist dir perfekt gelungen!«

»Kann ich denn ahnen, dass du ausgerechnet jetzt mit meinem Spiegel beschäftigt bist?« Auf Zehenspitzen stelzte ich zu ihm hin. »Hast du was abbekommen?«, fragte ich und fegte ihm mit dem Ärmel ein paar Splitter von der Schulter. Endlich erwachte er aus seiner Schockstarre.

»Das fängt ja gut an mit uns beiden!«

Betreten sah ich ihn an, legte meine Arme um Sven und wollte ihn mit einem Begrüßungskuss versöhnen. Meinen Einzug bei ihm hatte ich mir ehrlich gesagt, etwas anders vorgestellt.

»Mein Gott, der olle Spiegel! Ist doch nicht so schlimm«, murmelte ich und tröstete mich damit, dass das Spiegelglas des wunderschönen Teils vom Sperrmüll etliche blinde Flecken aufwies und sowieso ausgetauscht werden sollte. »Nicht ärgern, Sven. Dem Rahmen ist ja nix passiert.«

»Ach Julie!«, stöhnte Sven. »Bist du dir eigentlich im Klaren darüber, was ein zerbrochener Spiegel zu bedeuten hat?«

»Na sicher! Scherben bringen Glück! Wenn das kein perfekter Einstieg in unser gemeinsames Leben ist? Du müsstest mir eigentlich dankbar dafür sein«, lachte ich und verstummte, als ich seinen unbeweglichen Gesichtsausdruck sah.

»Aber doch keine Glasscherben!!!«, rief er in oberlehrerhaftem Ton und fügte belehrend hinzu: »Wenn ein Spiegel zerbricht, bedeutet das sieben Jahre Pech! Sieben Jahre!!! Oh mein Gott! Julie, was hast du getan!« Mit beiden Händen raufte er sich das Haar, zupfte eine Scherbe daraus hervor und drehte es zu einem kleinen Dutt am Hinterkopf zusammen. Mit dem Blick eines Jungen, dem man sein Lieblingsspielzeug kaputtgemacht hatte, strich er sich durch den Bart und schaute unglücklich auf die Bescherung.

»Herr Dr. Sven-Gabriel Arends!«, rief ich ihn zur Ordnung. »Diesen Blödsinn glaubst du doch nicht wirklich?« Langsam zweifelte ich daran, ob es sich bei dem Gerede tatsächlich nur um dummes Geschwätz handelte. Immerhin glaubte er auch an Münzorakel und an diverse andere Sprüche.

Sven stand noch immer wie angewurzelt herum, also holte ich Besen und Kehrblech und fegte die groben Scherben zusammen.

»Du bist doch nicht echt davon überzeugt, dass jetzt sieben Jahre Unglück über uns hereinbrechen? Du spinnst doch!«

»Na ja. Denk doch mal an deine Kette und die Sache mit dem Arbeitsvertrag. Das lief auch nicht so, wie du wolltest. Und nur, weil du deinen Glücksbringer verloren hattest.«

»Jetzt mach aber mal einen Punkt! Das ist doch vollkommener Quatsch! Du bist ein erwachsener Mann, also wirklich! So einen Schwachsinn habe ich ja schon lange nicht mehr gehört. Hier!« Ich drückte ihm das Kehrblech in die Hand. »Kannst du schon mal die großen Stücke aufsammeln? Ich hole eben den Staubsauger. Und pass auf, dass du dich nicht schneidest!«, rief ich beim Hinausgehen und bekam Gänsehaut, als ich sah, wie er sich vor das Bett kniete und Zentimeter für Zentimeter absuchte. Es war nicht auszuhalten, wie er die scharfkantigen Scherben aufhob und in seine Hand legte, um sie dann in den Müll zu werfen.

»Lass mich mal machen!«, sagte ich und rückte den verflixten Dingern, die mich bösartig anfunkelten, mit dem Staubsauger zu Leibe. Unter dem Bett, auf der

Kommode und gemeinerweise auch auf der Bettdecke hatten sie sich verstreut. »Wir beziehen das Bett neu, wischen einmal durch und dann ist alles wieder gut.« Ich verstand nicht, wieso Sven sich dermaßen aufregte und solch ein Drama daraus machte. Es war zwar ärgerlich, aber als Katastrophe konnte man einen Haufen Scherben nun wirklich nicht bezeichnen.

»Gib mal her, das mache ich lieber selbst!« Kurzerhand schnappte er sich den Sauger, grummelte diverse Flüche in seinen Bart und zeigte auf die Tür. »Hast ja Recht. Ist albern, das mit dem Aberglauben. Ich sorge hier wieder für Ordnung und die Küche überlasse ich dir.«

»Wie du meinst. Dann koche ich uns einen Kaffee!«, erwiderte ich schulterzuckend. »Und wenn du dich beruhigt hast, kannst du mir ja mal erzählen, wie dein Tag sonst so gelaufen ist. Bevor ich nach Hause gekommen bin. Hast du außer dem Spiegel noch andere Sachen rübergeholt?«

Kopfschüttelnd schloss ich die Tür hinter mir und dachte: An was für einen Typen bin ich denn da geraten? Und diesen Mann wollte ich heiraten! Aber noch hatte er mir keinen richtigen Antrag gemacht. Seinen völlig unromantischen Heiratsantrag zu Weihnachten, mit dem er mich aus einer Laune heraus überrumpelte, konnte ich so nicht akzeptieren. Mein Hang zur Romantik knallte mir an dieser Stelle wieder einmal voll dazwischen und das von ihm erhoffte Ja wollte einfach nicht über meine Lippen. Lachend hatte ich ihm vorgeschlagen, es im neuen Jahr mit einem richtigen Antrag erneut zu versuchen. Und nun zählte ich die Tage, bis zum neuen Jahr.

Enttäuscht stellte ich den Kaffee an und ließ mich auf einen Küchenstuhl fallen. Ich hatte es mir so schön vorgestellt, wie es wäre, nach Hause zu kommen und mich nach einem langen Arbeitstag in seinen Armen zu erholen.

Jetzt, wo ich zur Ruhe kam, merkte ich erst richtig, wie erledigt ich war. Nach dem vierwöchigen Urlaub wunderte mich das allerdings nicht. Mich erstaunte vielmehr die Anzahl der Entspannungssüchtigen, die ihre Feiertage auf der Insel verlebten und sehnsüchtig auf die Wiedereröffnung unseres Thalassotempels warteten. Entsprechend viele Einträge standen in unserem Terminkalender, die Pausen kamen dabei bedauerlicherweise ein bisschen zu kurz. Meine Chefin schmiss den Laden aber auch unter diesen Bedingungen mit einem Lächeln und mit der ihr eigenen, unerschöpflichen Power. Trude gebührte allein dafür meine grenzenlose Bewunderung.

Der Duft des frisch gebrühten Kaffees weckte meine Lebensgeister wieder auf. Ich rief nach Sven, doch der hörte mich nicht, er fahndete noch immer wie besessen nach Scherben. Erst als ich ihm damit drohte, die Nacht auf dem Sofa zu verbringen, bequemte er sich in die Küche. Sein geliebter Kaffeeautomat schäumte die Milch auf, als er hereinkam, einen Blick auf die Maschine warf und mich augenzwinkernd lobte, dass ich alles richtig gemacht hatte. In die Kunst des Kaffeekochens hatte er mich gleich nach der Schlüsselübergabe eingewiesen. Bei meinem ersten Versuch im Umgang mit dem luxuriösen Kaffeeautomaten, kam ich mir vor wie bei einer Abschlussprüfung. Mit Auszeichnung bestand ich sie und fragte scherzhaft, ob ich nun einen goldenen Kaffeelöffel verliehen bekäme.

Typisch Lehrer!, dachte ich nur. Allerdings gehörte Sven zu den eher untypischen Vertretern dieses Berufszweiges. Schon allein wegen seinen langen Haaren, die er zu einem knuffigen Männerdutt frisierte und dem gepflegten Vollbart. Die beeindruckende Haarpracht für einen Mann seines Alters, er steuerte immerhin auf den achtundvierzigsten Geburtstag zu, wirkte an ihm kein bisschen albern, ebensowenig wie seine Vorliebe für dezent geblümte Hemden. Er war ein durch und durch männlicher Typ, und dieser Mann saß mir jetzt gegenüber und liebkoste mich mit seinen meerblauen Augen.

»Du Julie, das habe ich vorhin nicht böse gemeint«, bat er mich um Verzeihung. »Ich hatte mich nur so tierisch erschrocken und mich hauptsächlich über mich selbst geärgert. Du weißt schon, wegen meiner Spinnerei mit dem Aberglauben. Das ist wirklich blöd, nicht?«

»Echt blöd! Soll ich es dir abgewöhnen?«, fragte ich und hielt ihm die Hand hin. Wir sahen uns in die Augen, schwiegen eine Weile und mit den Fingern krabbelte ich zärtlich über die feinen, dunklen Härchen auf seinem Arm.

»Du kannst es ja versuchen. Aber das könnte zu einer Lebensaufgabe für dich werden«, grinste er vielsagend.

Wenn das keine Steilvorlage ist?, dachte ich und wartete darauf, dass noch etwas hinterherkam. Das Thema *Heiraten* schnitt er jedoch nicht an.

»Die Herausforderung nehme ich mit Vergnügen an. Aber nun erzähl mal, was du heute Schönes gemacht hast. Hast du Ida besucht und bist du bei der Hochtiedsstuv gewesen?« Innerlich schmunzelte ich, er hatte mir ja von seinen liebgewonnenen Gewohnheiten erzählt.

»Alles erledigt. Ida habe ich für Silvester zum Essen bei uns eingeladen und die Hochtiedsstuv steht noch«, erwiderte er augenzwinkernd. »Ja, und dann habe ich deinen Spiegel rübergeholt und den Kleinkram, der noch herumstand. Den Kleiderschrank habe ich allerdings nicht angerührt. Deine persönlichen Sachen packst du am besten selber ein. Und bei dir so? Wie war denn dein Tag?«

»Du kannst dir nicht vorstellen, was bei uns los ist«, seufzte ich. »Weihnachtliche Hochsaison, wir haben kaum Zeit zum Luftholen. Das Schöne ist aber, dass die Leute alle sehr relaxt bei uns ankommen. Ach ja, bevor ich's vergesse, morgen muss ich erst mittags anfangen. Deshalb würde ich vorher gern in meine Wohnung rüberfahren und die restlichen Sachen holen.«

»Soll ich dir dabei helfen? Ich könnte die Schlepperei übernehmen!«, bot Sven an. Bei dem Angebot konnte ich natürlich nicht Nein sagen. »Wenn du nicht so früh raus musst, dann lass uns doch noch für ein Stündchen in die Milchbar gehen. Was hältst du davon?«

»Und einen Happen essen? Gerne! Ich hab einen Mordshunger!«, rief ich erfreut, wobei mein Magen wie auf ein Stichwort hin, anfing zu knurren.

»Wir könnten auch nur einen Wein trinken gehen! Als Alternative hätte ich selbst gemachte Pizza im Angebot. Die muss nur noch in den Ofen.« Sven zeigte auf das Backblech mit seiner Pizza Speciale und wartete meine Antwort gar nicht erst ab.

»Hmm lecker. Du denkst aber auch an alles!«

»Ich versuche es zumindest. Du wirst dich ja bald

wieder umgewöhnen müssen, wenn die Ferien zu Ende sind. Also lass dich ruhig ein bisschen verwöhnen.«

»Wie lange braucht die Pizza denn?«, fragte ich und überlegte, ob ich in der Zeit eine To-do-Liste für ›Zwischen-den-Jahren‹ erstellen könnte. Und vielleicht auch noch die ›Silvester-Liste‹. Ich hatte mal wieder laut gedacht, das merkte ich aber erst, als Sven die Augen verdrehte und sich über mich lustig machte. Mit diesem Tick von mir zog mich zu gern damit auf.

»Julie-Marie!«, lachte er und drückte mir einen Kuss auf die Nasenspitze, »du nun wieder mit deinen Listen! Zwanzig Minuten, dann können wir essen.«

Unvermittelt blitzte es in seinen Augen auf und sein Mund verzog sich zu einem breiten Grinsen.

»Was ist denn nun los? Woran denkst du gerade?«

»Nee, ausnahmsweise nicht an das, was du denkst. Kann es sein, dass dein Listentick ansteckend ist? Ich habe im Moment selbst nur noch Listen im Kopf.« Sein Lächeln wurde immer breiter, irgendetwas heckte er aus.

»Hä? Muss ich das jetzt verstehen?«

»Kannst du gar nicht verstehen.« Sven schüttelte den Kopf. »Darf's ein Glas Wein sein? Die Pizza ist so gut wie fertig.«

»Na das fängt ja wirklich super an mit unserem Zusammenleben.«

»Zumindest ist es nicht langweilig und ich denke, mit dir wird es niemals langweilig werden. Auf uns, liebste Julie und darauf, dass ein zerbrochener Spiegel uns nichts anhaben kann.«

Angenehm satt und müde, und von dem einen Glas Wein schon leicht beschwipst, hätte ich es mir viel lieber zu Hause auf dem Sofa gemütlich gemacht. Aber Sven konnte unglaublich hartnäckig und überzeugend sein, er schaffte es tatsächlich, mich noch zu einem kleinen Spaziergang zu motivieren. Wir liebten beide das Meeresrauschen, es hatte etwas absolut Beruhigendes, und etwas Bewegung konnte uns nach dem ganzen Stress mit dem Spiegel nicht schaden.

Wir zogen unsere Mützen tief in die Stirn und ließen uns den Wind kräftig um die Nasen pusten. Von Müdigkeit konnte nach den ersten hundert Metern keine Rede mehr sein, wir wurden wieder munter. Schon von Weitem sahen wir die heimelige Beleuchtung der Milchbar im Dunkel der Nacht. Eine magische Anziehungskraft ging von dem Lokal aus, wir konnten auch heute nicht widerstehen und liefen schnurstracks darauf zu. Mit etwas Glück fanden wir sogar noch einen kuscheligen Platz in den dicken Polstern und und bestellten einen heißen Sanddornpunsch zum Aufwärmen. Belustigt schaute Sven mir auf die Finger, als ich anfing, meine Listen auszubreiten, und meinen Stift zückte.

»Du verrücktes Huhn«, murmelte er zärtlich, »sitzt hier mit dem besten und begehrtesten Mann weit und breit und hast nichts Besseres zu tun, als die Tage und Stunden durchzuplanen. Weißt du eigentlich, dass man mich heimlich ›den Inselprinzen‹ nennt?«

»Nie gehört!« Ich tat verwundert und rutschte ein Stückchen näher zu ihm hin.

Sven legte den Arm um mich, zog mich ganz nah zu sich heran und nahm mir den Stift aus der Hand. »Tja, mein Mädchen, du wirst dich noch wundern.« Seine Lippen streiften wie zufällig mein Ohr und sein Bart kitzelte auf meiner Haut. Im Hintergrund spielte leise Loungemusik und der Ärger von vorhin war schnell vergessen.

»Lass uns gehen«, flüsterte ich Sven ins Ohr. »Ich will endlich wieder in deinen Armen liegen.«

***

Die morgendliche Laufrunde am nächsten Tag ließ ich guten Gewissens ausfallen, schließlich lag das Sportzeug noch in meiner kleinen Einzimmerwohnung. Zudem gab es nichts Schöneres, als ohne Zeitdruck in den Armen meines Liebsten aufzuwachen und den Tag mit einer ausgiebigen Schmuserunde zu beginnen.

Es war ein seltsames Gefühl, als ich die Zimmertür aufschloss und mir der vertraute Geruch der letzten Monate entgegenschlug. Wehmütig sah ich mich in den wenigen Quadratmetern um, über die ich oft genug gemeckert und geflucht hatte.

Mit den Fingerkuppen strich ich über die Fensterbank und dachte an die Spinne vorm Fenster, deren kunstvoll gewebtes Netz mich jeden Morgen erfreute. Aber auch an verrückte Ideen, auf die ich durch das Insekt, das ich ›Thekla‹ nannte, gekommen war. Wie sehr ich mich in diesen vier Wänden wohlgefühlt hatte, merkte ich erst jetzt so richtig. Doch nun hieß es Abschied nehmen.

In diesem Zimmer hatte mein neues Leben seinen Anfang genommen. Mit dem Nähkästchen meiner Oma Melli, vielen Kindheitserinnerungen und mit der Gewissheit, dass Norderney meine neue Heimat wird, kam ich hier an. Es fühlte sich an, als lägen Jahre zwischen meiner Ankunft und heute, aber es waren erst ein paar Monate. Unsanft riss mich das Schrillen der Türklingel aus den Erinnerungen. Sven stand vor der Tür und wollte die ersten Sachen ins Auto laden.

»Hey, du hast ja noch gar nichts eingepackt. Ich dachte, die Koffer stehen längst unten. Was trödelst du denn so lange herum? Was ist los?«

»Ach, nichts!«

Gedankenverloren wischte ich über das Nähkästchen, in dem ich den Brief mit seinem Geheimnis um Oma Melli und ihrer letzten Liebe entdeckt hatte. Ein Traumfänger mit zwei rätselhaften Knöpfen lag auch darin, den hatte ich inzwischen allerdings dem Mann geschenkt, dem einer der Knöpfe gehörte. Ich sollte einen eigenen Traumfänger basteln, schoss es mir durch den Kopf und hoffte, dass ich es noch nicht verlernt hätte.

»Ein anständiges Mädchen hat immer eine Handarbeit!«, gab ich den Lieblingsspruch meiner Oma zum Besten und stellte Sven den Nähkasten hin. »Den kannst du schon mal einladen.«

»Schöne Erinnerungen, nicht wahr?« Sven drehte das Erbstück in seinen Händen und wusste nicht recht, wie er mit meiner ungewohnten Sentimentalität umgehen sollte. »Du willst aber …, immer noch …, zu mir ziehen? Oder überlegst du dir das gerade anders?«, vergewissere er sich.

»Alles gut! Ist nur ein winzig kleiner Anfall von Gefühlsduselei. Ist gleich vorbei.«

Fein säuberlich und mit System packte ich meine Sachen in Kartons, während Sven zum Auto flitzte und den Kleinkram darin verstaute. Ich holte gerade mein Köfferchen mit dem Tula-Equipment aus den Tiefen des Schranks, als er schon wieder neben mir stand. Es kribbelte und juckte mich in den Fingern, die Metallschlösser aufschnappen zu lassen und einen Blick auf meine dunkle Vergangenheit zu werfen, ließ das aber lieber bleiben.

»Was haben wir denn da? Von einer Schatzkiste hast du mir ja gar nichts erzählt.«

»Darin sind nur ein paar sehr persönliche Sachen. Sei so gut und lass einfach die Finger davon.« Mit großen Augen sah er mich an und wartete darauf, dass ich ihm den Inhalt zeigte. Aber da konnte er lange warten.

»Solange ich die Finger nicht von dir lassen soll, ist alles gut. Obwohl ...« Er zog mich an sich und flüsterte mir ins Ohr: »Mach es nur einmal kurz auf, ja? Nur einen Spalt breit.«

»Nein! Kommt nicht in Frage.«

Der olle Koffer gehörte auch zu dem Fundus an schönen Dingen, die ich vorm Sperrmüll gerettet hatte. Das Schloss funktionierte nicht mehr, aber sonst war er völlig in Ordnung und erweckte den Eindruck, als ob er schon viel erlebt und von der Welt gesehen hatte.

»Ich glaube, ich weiß, welche Schätzchen du darin versteckt hast. Soll ich raten?« Svens Kopfkino konnte ich ihm förmlich ansehen, in seinen Augen entdeckte ich winzige Teufelchen. »Sind das die Sachen, die du damals ..., als wir uns das allererste Mal trafen ...?«

Erwischt! Damit hatte er voll ins Schwarze getroffen! Mein Gesicht brannte und ich merkte, wie ich unter seinem Blick die Farbe wechselte. Triumphierend strahlte er mich an.

»In dem Köfferchen verbirgt sich also das Leben der Frau Tula?!«

»Nun zieh mich nicht schon wieder damit auf, du …, du Prinz G.!«

Ich drückte den verbeulten Koffer fest an meine Brust und trug ihn höchstpersönlich nach unten. Auf dem Weg zum Auto schickte ich Wünsche ans Universum, dass er nicht aufspringen und seinen brisanten Inhalt preisgeben sollte.

2. Kapitel

M eine Wäsche stapelte ich ordentlich gefaltet in die Fächer des Kleiderschranks, die Sven für mich frei geräumt hatte. Ich bildete mir ein, den Duft meiner Vorgängerin, den Duft von Charlotte in den Schubladen und Regalböden zu riechen. Er hing darin fest. Es war ein ungewöhnlich wilder und zugleich zarter Duft, der mir in die Nase stieg und sich in meinem olfaktorischen Gedächtnis festsetzte. Es war nicht unangenehm, aber fremd. So, als würde sie mich überallhin begleiten. Ich hatte nicht vor, mich eingehender damit zu beschäftigen, aber es war da, auch noch, als ich mich auf den Weg zur Arbeit machte.

»Bestell Trude einen schönen Gruß von mir. Frag sie mal, wo wir hier einen neuen Spiegel bekommen. Sie weiß das bestimmt.«

»Richte ich gern aus, da wird sie sich freuen. Sie hat gestern schon nach dir gefragt. Leider hatten wir keine Zeit zum Quatschen. Aber ihr Interesse an dir hat nicht nachgelassen.«

Mit einem Kuss, der nach Spekulatius schmeckte, verabschiedete ich mich, stürmte an Onno Fokken vorbei, der seine Mülltonne an die Straße stellte, und grüßte den alten Knaben gut gelaunt. Wie der sich darüber freute! *Wieder eine gute Tat*, dachte ich, zog mir die Mütze tief in die Stirn, setzte zu einem kleinen Sprint an und schaffte es, pünktlich an meinem Arbeitsplatz zu sein.

»He! Julie.« Trude begrüßte mich so, wie die Einheimischen sich untereinander grüßen. Geschmeichelt nahm ich es zur Kenntnis.

»Deine Augen glänzen ja heute wie Kugeln am Weihnachtsbaum. Ist wohl gestern noch ein netter Abend gewesen?« Trude faltete wieder einmal Handtücher. Immer, wenn sie dieser Tätigkeit nachging, konnte ich mich auf seltsame Fragen einstellen.

»Hmm, ja«, strahlte ich sie an. »Ich soll dich auch schön grüßen von meinem Schatz. In den nächsten Tagen will er selbst bei uns vorbeischauen und dir einen guten Rutsch wünschen.«

»Das soll er mal machen. Er hat noch gar keine Massagetermine gebucht.«

»Er will sie persönlich mit dir absprechen, hat er gesagt, als ich ihm vorgejammert habe, wie ausgebucht wir sind.«

»Der alte Schlawiner! Jedes Jahr das gleiche Spiel. Aber ich kenne ja meine Pappenheimer. Für Dr. Arends habe ich vielleicht noch ein winziges Zeitfenster offen.«

»Das ist ja die reinste Kungelei! Ach ja, noch was. Weißt du, woher wir ein neues Glas für einen Spiegel bekommen? Hast du einen guten Tipp für mich?«

»Sieh du erstmal zu, dass du dich um deinen nächsten Kunden kümmerst. Ich sag dir nachher Bescheid.«

Trude klatsche mit der flachen Hand auf einen Stapel flauschiger Frotteehandtücher und zeigte auf die Tür.

Meine nächste Kundin, hier sprach man nicht von Patienten, kam mir irgendwie bekannt vor. Bei den vielen Menschen, mit denen ich tagtäglich zu tun hatte, war es kein Wunder, dass ich sie nicht sofort einzuordnen wusste. Elfriede Brunner, der Name sagte mir nichts.

Bereit, sich Gutes tun zu lassen, rekelte sie sich auf der Liege, steckte die Nase durch die Öffnung im Kopfteil und plapperte schon munter drauflos, während ich noch das Lavendelöl in meinen Händen anwärmte.

»Wir begehen ja jetzt die magische Zeit der Raunächte«, säuselte sie entspannt und weihte mich zwanzig Minuten lang in diverse Bräuche und Erkenntnisse ein. Sie erklärte mir, dass die Nächte zwischen Weihnachten und *Heilige Drei Könige*, am sechsten Januar, Symbolkraft besäßen. »Ich schreibe meine Träume auf und pflege gewisse Rituale. Immerhin steht jede dieser Nächte für einen Monat des neuen Jahres. Und was die Träume mir verschlüsselt mitteilen, das wird sich in dem zugehörigen Monat erfüllen.«

So ganz verstand ich nicht, wovon sie sprach.

»Ist ja interessant«, pflichtete ich ihr bei und dachte mit einem zufriedenen Lächeln an die letzte Nacht mit Sven zurück. Mehrmals am Tag würde ich demzufolge in dem Monat leidenschaftlichen Sex haben. Wie gut, dass Elfriede Brunner mich darüber aufgeklärt hatte!

Ich schmunzelte noch in mich hinein, als die Gute völlig unerwartet in die Hände klatschte und rief: »Jawoll! Jetzt hab ich's! Mit Franky und der Krimi-Mimi am Surfcafé. Und da saß auch noch die mit dem verrückten Projekt. Warte mal ...« Elfriede Brunner legte sich eine Kette mit dicken funkelnden Steinen um den Hals und blickte zur Decke, als ob sie dort eine geheime Botschaft lesen könnte. »Richtig! ›Ran an den Mann‹, so hieß es doch?«

Verblüfft musterte ich sie. Ich erinnerte mich sehr gut an diesen Sommerabend, der mit vielen Tränen, aber auch mit lautem Gelächter und einem guten Tropfen Wein endete.

»Ella, die Wahrsagerin?« Jetzt fiel es mir wieder ein.

»Na ja, Wahrsagerin ist etwas übertrieben. Astrologie ist nur ein Hobby von mir. Aber auch alles andere zwischen Himmel und Erde, das man nicht greifen kann, das aber trotzdem gegenwärtig ist und unser Leben beeinflusst.«

»Jetzt fällt mir auch dein Name wieder ein. Du heißt Marie. Stimmt's?«

»Stimmt. Ich werde aber eigentlich Julie genannt. Richtig heiße ich Julia-Marie.«

»Das ist Schicksal, dass wir uns hier wiedersehen! Also, ich bin total geflasht. Nach Neujahr habe ich noch einen Termin bei dir. Wenn du willst, erstelle ich dir ein Horoskop. Musst mir nur Geburtsort, Geburtsjahr und Geburtsstunde verraten. Und am besten auch von deinem Freund, dann ...«

»Dann guten Rutsch. Ich schau mal, ob ich die Daten zusammen bekomme.« Sanft schob ich meine Kundin hinaus und dankte dem Universum, dass diese Ella kein anregendes Massageöl gewählt hatte. Bereits unter der Einwirkung von Lavendel blubberte sie wie ein Wasserfall.

Unsere Badegäste meinten es gut mit uns. Durchweg

freundlich und extrem großzügig steckten sie uns nicht nur Trinkgeld zu, sondern bemitleideten uns, dass wir Ärmsten zwischen den Jahren arbeiten mussten. *Mein Gott*, dachte ich nur, *es gibt viele Firmen und Berufe, in denen zwischen den Jahren oder auch an den Feiertagen gearbeitet wird.* Wir hatten es gut, an Silvester wurde der Laden mittags dichtgemacht und anschließend hatten wir bis nach Neujahr Ruhe.

Sven besorgte die letzten Sachen für einen gemütlichen Silvesterabend mit unseren Freunden. Es war nicht mehr viel, das Meiste hatten wir vom Festland mitgebracht. Wenn mein *Chatzchen*, so nannte ich die Männer, die ich im Chat kennengelernt hatte, nicht mit Einkäufen beschäftigt war, räumte er Sachen und Möbel in seiner Wohnung hin und her. Er putzte sämtliche Fenster und entsorgte jede Menge Kram, den er nicht mehr brauchte und tat alles dafür, damit ich mich bei ihm wohlfühlte.

Manchmal fragte ich mich, ob es die richtige Entscheidung war, sein Angebot anzunehmen und in seiner Wohnung zu leben.

»Ich möchte nur, dass du dich hier wie zuhause fühlst. Du kannst tun und lassen, was du willst. Die meiste Zeit bin ich ja sowieso nicht da.« Er öffnete die Schränke. »Schau mal, wie viel Platz da noch für dich ist. Da passt auch dein Handarbeitszeug und dein Bastelkram noch rein.«

In meinen Augen wurde es feucht, er war ja so süß. Womit hatte ich diesen Mann verdient? Vor einem Jahr wusste ich noch nicht einmal, dass es ihn gibt.

»Ich fühle mich jetzt schon wohl. Hier habe ich wenigstens Platz genug und es ist richtig gemütlich bei dir.

Aber das Schönste ist ja, dass ich nicht mehr in so einem schmalen Bett schlafen muss.« Ich fiel ihm um den Hals. »Schon allein die Tatsache ist Luxus pur und ein triftiger Grund, hier niemals wieder auszuziehen.«

»Ach so ist das! Deshalb also.« Grummelnd packte er die frischen Lebensmittel in den Kühlschrank und zog mich damit auf, dass ich nur wegen seinem Bett bei ihm eingezogen war.

»Bett inklusive Mann«, korrigierte ich ihn. »Apropos Schlafzimmer. Hast du schon bei Gustav Johansson angerufen, wegen dem Spiegel?«

»Ist erledigt! Kannst du von deiner Liste streichen. Und die Termine bei euch, sind mit deiner Chefin persönlich abgesprochen. Ich habe meinen Charme spielen lassen und sie natürlich auch so bekommen, wie ich sie haben wollte.«

»Das glaube ich sofort. Wann hast du denn den Termin mit dem Johansson vereinbart?«

»War leider nur der Anrufbeantworter dran. Nach Neujahr ist er erst wieder erreichbar. Ich habe ihm aber drauf gesprochen und betont, wie wichtig es ist, dass es noch in den Ferien erledigt wird. Ich hoffe, der kriegt das geregelt. Sonst musst du dich darum kümmern.«

***

Die Silvesterstimmung auf meiner Insel fühlte sich ähnlich prickelnd an wie eine Brise, die alles Alte mit sich nimmt und im Gegenzug frische Luft und Lust auf Neues hinterlässt.

In unserer Wellnessabteilung summte es voller Power und Lebensfreude. Mit Meerespackungen auf der Schwebeliege und einer Massage stimmten sich viele unserer Gäste auf die Silvesternacht ein. Wir hatten im wahrsten Sinne des Wortes alle Hände voll zu tun. Wir griffen in Meeresalgen, Muschelkalk oder den wohltuenden Norderneyer Schlick, aber auch in knubbelige Feiertagsspeckrollen. Trotz ungünstiger Arbeitszeiten liebte ich meinen Arbeitsplatz, besonders deshalb, weil es hier immer so gut duftete. In diesen Tagen vermischte sich das Aroma feiner Öle mit dem weihnachtlichen Duft von Tannen und würzigem Zimt. Und über all dem schwebte ein Hauch von Meer in der Luft.

Kaum war die Tür hinter dem letzten Gast ins Schloss gefallen, holte Trude den obligatorischen Silvestersekt aus dem Kühlschrank, stellte Berliner auf den Tisch und verteilte Glückskekse.

»Aber erst um Mitternacht aufmachen!«, drohte sie mit erhobenem Zeigefinger und biss herzhaft zu. Himbeerrote Marmelade quoll aus dem zuckrigen Gebäck und rann unserer Chefin am Kinn hinunter. Noch süßer sah sie aus, als sie es wegzuwischen versuchte, nun hatte sie das klebrige Zeug im ganzen Gesicht verschmierte. Noch immer lachend probierten wir jetzt auch die Berliner und schon bald war Trude nicht mehr die Einzige, die sich bekleckert hatte. Mein erstes Arbeitsjahr auf Ney endete mit viel Gelächter und guten Wünschen. Wir leerten die Flasche und plötzlich konnten wir nicht schnell genug nach Hause kommen. Jeder wollte sich auf die Nacht der Nächte vorbereiten.

Nach einem kurzen Mittagsschläfchen weckte Sven mich sanft aus meinen Träumen und zeigte auf die

Sportklamotten, die auf dem Sofa verteilt lagen. Zu seinen geliebten Ritualen gehörte der alljährliche Silvesterlauf, auf den er sich zwölf Monate lang freute. Was sollte man von einem Sportlehrer auch anderes erwarten? Seine Vorfreude verdoppelte sich, seit ich zugesagt hatte, mit ihm gemeinsam zu laufen. Für mich war es das erste Laufevent auf Norderney. Mit Sven war ich bisher nur zweimal zusammen gejoggt. Wir harmonierten schon beim ersten Lauf, Tempo und Kondition passten, wir konnten uns sogar noch unterhalten.

Nachmittags um drei sollte es am Conversationshaus losgehen. Etliche Läufer mit strammen Waden wärmten sich auf und hüpften durch die Gegend, als wir aufkreuzten und es ihnen gleichtaten. Einige von ihnen trugen Nikolausmützen auf dem Kopf, die ambitionierteren Sportler jedoch liefen in Funktionskleidung ohne viel Schnickschnack am Start auf. Es war saukalt, aber trocken und ein nur leichter Wind wehte vom Meer herüber. Musik erklang und aus den Buden vom Winterzauber schwappte eine Mischung von Glühwein- und Bratwurstduft in meine Nase. Eine Pfeife schrillte, gab das Startsignal und schon übertönte das Getrappel Hunderter Sportschuhe den Applaus und die Musik.

Schaulustige säumten die Straßen und die Strecke entlang der Strandpromenade, die Sven und ich nahmen. Wir joggten Richtung Weststrand, bogen nach rechts auf die Strandpromenade ab, liefen vorbei an der Marienhöhe und der Milchbar, von wo aus man uns begeistert zujubelte. Dann weiter Richtung Nordstrand, vorbei an der Aussichtsplattform Georgshöhe. Wir sahen uns nur an, als wir dort vorbeikamen, lächelten und warfen uns sportliche Luftküsschen zu. Vor ein paar Monaten rutschten unsere Herzen auf dem Aussichtspunkt mit dem alten Stockanker ein großes Stück näher zusammen. Schnaufend trabten wir weiter. Die Kälte merkten wir längst nicht mehr, als die Dämmerung das Meer und den Strand in ein sanftes Licht tauchte und die Sonne einen satten roten Streifen als Abschiedsgruß für diesen Tag und für dieses Jahr an den Himmel malte.

Wir sprinteten nebeneinander her, unsere Hände fanden zwischendurch zueinander und ohne Worte zeigten wir, was wir füreinander empfanden. Am Surfcafé drehten wir um und rannten dieselbe Strecke wieder zurück.

Die Glasfassade der Milchbar leuchtete in warmen Goldtönen und kam immer näher. Heimelig und verlockend sah das aus, war aber kein Grund, den Lauf vorzeitig abzubrechen. Franky und Doro lehnten draußen an dem Mäuerchen davor. »Schneller, schneller, schneller!«, feuerten sie uns an, mit einem bunten Cocktail in den Händen. Als wir an ihnen vorbei waren, riefen sie uns nach: »Wir haben Hunger! Wir haben Hunger! Wir haben Hunger!«

Die zwei waren ja lustig, chillten den lieben langen Tag und gingen davon aus, dass sie sich um sechs bei uns an den gedeckten Tisch setzen konnten. Die würden sich wundern. Wir schauten uns noch einmal um, winkten und trabten weiter. Unsere Beine trugen uns jetzt wie von allein. Auf den letzten hundert Metern gaben wir noch einmal richtig Gas und setzten zum Abschluss-Sprint in diesem Jahr an.

Dieses Jahr hatte es in sich gehabt. Es hatte mich und meine Gefühle aus der Puste gebracht, frischen Wind in mein Leben gepfiffen und es verdammt gut mit mir und auch mit Sven gemeint. Ein Jahr, auf das ich mit einer Riesenportion Dankbarkeit zurückblickte. Meine Augen tränten, Schweiß rann mir übers Gesicht und meine Muskeln zitterten wie ein Aal. Wir hatten unser Ziel erreicht!

Erschöpft und glücklich sprangen wir zu Hause gemeinsam unter die Dusche. Glückshormone explodierten in uns wie Silvesterböller, strömten durch unsere Körper und gaben nicht eher Ruhe, bis wir uns liebten. Das warme Wasser prasselte auf uns herunter, umfing unsere Nacktheit, wir fühlten die angespannten Muskeln unter der Haut des anderen und spürten unseren Herzschlag. Sven legte seine Hand auf einen gewissen Punkt in der Nähe meines Herzens und flüsterte heiser: »Julie, ich liebe dich.«

Wir liebten uns in demselben Tempo, wie wir kurz vorm Ziel gelaufen waren, schnell und heftig. Anschließend drehten wir die Brause auf eiskalt, um einigermaßen wieder runterzukommen, und dann läuteten wir die letzten Stunden des Jahres ein.

Franky und Doro standen pünktlich am Abend mit einer Kiste edler Tröpfchen vor der Tür. Franky grinste schelmisch und betonte, dass er nur das Beste vom Besten mitgebracht hatte.

»Das ist aber nicht alles«, flötete Doro, kramte in ihrem silbrig glänzenden Rucksackbeutel, holte eine bunte Tüte heraus, stopfte ihre Mütze mit dem dicken Fellbommel hinein und wuschelte sich durch die kurzen Haare.

»Wir wollen schließlich wissen, was uns das neue Jahr bringt und wir müssen die bösen Geister vertreiben!«

»Hinweg, ihr bösen Geister!«, schmetterte Franky theatralisch und schon sprühten Funken auf der Straße, ein gefährliches Zischen durchschnitt die Ruhe und ekliger Schwefelgeruch stieg mir in die Nase.

»Sag mal, du bist ja wohl selbst von allen guten Geistern verlassen. Kommst hier mit Knallern und Feuerwerkskörpern an.«

»Gewohnheit! Meine Kids bestanden jedes Jahr darauf. Das kann man nicht so ohne Weiteres ablegen. Stell dich mal nicht so an, mein lieber Sven. Lass dir das von deinem besten Kumpel und deinem gutmeinenden Arzt gesagt sein.«

»Kindskopf!« Kopfschüttelnd brachte Sven die Getränke rein.

»Nun man nicht so garstig, alter Junge!«

Zielstrebig steuerten unsere Gäste auf den festlich gedeckten Esstisch zu. Kaum hatten sie Platz genommen, klingelte es abermals und Ida stand vor der Tür. Sie überreichte uns eine Flasche von ihrem besten Sanddornlikör und eine Jahrespackung Sanddornhappen.

»Für jeden Monat einen«, lachte sie. Unter einer Jahrespackung hatte ich mir was anderes vorgestellt, nicht nur zwölf Stück.

»Dann kann's ja jetzt losgehen.«

»Auf die Freundschaft und die Liebe. Prost!«

3. Kapitel

Das Silvestermenü hatte Sven bis auf ein paar Kleinigkeiten vorbereitet, nur für den Salat mussten wir noch ein bisschen schnippeln. Wir teilten Franky für diese ehrenvolle Aufgabe ein, da er als war Arzt bestimmt gut mit einem Messer umgehen konnte.

»Immer auf die kleinen Dicken«, murrte er. Doro assistierte, sie durfte das Weinglas anreichen und lobte seine geschickten Finger. Sein Gemaule ging schon bald in eine Art Kochshow über, bei der Franky nicht nur millimeterfeine Möhrenscheiben schnitt, sondern uns auch noch bestens unterhielt. Ida suchte einen Radiosender mit Tanzmusik, und als der Salat fertig war, schnappte Doro sich ihren Schatz und zeigte uns, wie man tanzt.

»Jahrelange Tanzschulerfahrung!«

Das hätte sie uns gar nicht sagen müssen, denn so wie sie sich bewegte, die Drehungen und Schritte des Discofox beherrschte, konnte es gar nicht anders sein.

»Was die beiden können, das kriegen wir doch auch hin, oder?« Sven wirbelte Ida und mich abwechselnd übers Parkett, bis das Signal des Backofens uns daran erinnerte, dass das Essen fertig war.

Der Abend ging so flott weiter, zwischen den Gängen tanzten wir, oder Doro trug ihre erotischen Geschichtchen vor. Zum Silvester passend las sie eine mit dem Titel ›rote Dessous‹ vor. Sie schob ihr Shirt ein wenig von der Schulter und gab den Blick auf einen mit zarter Spitze besetzten, weihnachtlich roten Träger preis.

»Wenn eine Frau in der Silvesternacht rote Unterwäsche trägt, beschert das im neuen Jahr ein glückliches Liebesleben.« Fragend sah sie uns an. »Habt ihr das etwa nicht gewusst? Als ich letztes Jahr mein Projekt gestartet habe, war ich natürlich entsprechend vorbereitet. Und …« Sie legte eine kunstvolle Pause ein, blickte von einem zum anderen und fuhr fort: »Ich kann euch versichern, mein Liebesleben ist seitdem neu erwacht.«

»Huch! Daran liegt es also, dass ich so viel Pech in der Liebe habe«, stellte Ida trocken fest und lachte verschmitzt. Ich glaubte ihr kein Wort. Sie war eine attraktive Frau mit Modelmaßen, bestimmt eins achtzig groß, sehr hübsch und mit einer tollen Ausstrahlung. Gerade sie müsste sich vor Verehrern kaum retten können.

»Wie? Du bist noch Single?« Doro war bei ihrem Lieblingsthema angekommen. »Soll ich dir ein paar echt gute Tipps geben? So von Frau zu Frau?«

»Alles gut. Ich bin rundum zufrieden, so wie es ist.«

Zu fortgeschrittener Stunde stellte Doro ihre Wundertüte auf den Tisch. Jeder von uns sollte sich einen Glückskeks nehmen, den wir aber noch nicht öffnen durften. Doro behauptete, dass sie sich in Pechkekse verwandelten, wenn man sie vor Mitternacht zerbrach.

Mit der Frage nach den guten Vorsätzen für das neue Jahr löste Ida wenig später eine heftige Diskussion aus.

Ich traute mich schon gar nicht mehr, von meinen diversen Listen zu erzählen. Neben der mit den guten Vorsätzen hatte ich auch noch eine mit meinen Wünschen und Zielen.

»So wie ich dich kenne, hast du dafür bestimmt schon Listen erstellt«, neckte Sven mich. Ich warf ihm einen vernichtenden Blick zu, der ungesehen an ihm abprallte. Er war in Feierlaune. »Und ganz oben auf Julies Liste mit den Wünschen und den Vorsätzen stehe natürlich ich!«

»Blödmann! Wir sprechen uns noch. Nächstes Jahr.« Ich ärgerte mich nur minimal über seine vorlaute Klappe und knuffte ihn in die Seite. Wir waren uns einig, dass das vergangene Jahr es verdammt gut mit uns allen gemeint hatte. Franky seufzte und erzählte, dass seine Scheidung mit den ganzen Ärgernissen um Hab und Gut das einzig Negative in dem Jahr gewesen war. »Aber es musste sein.« Verliebt tätschelte er Doros Bein.

»Oh, es ist schon Viertel nach elf!« Wir hatten die Zeit völlig vergessen. Sven tippte auf seine Rolex. Für mich war das edle Teil immer noch eine Angeberuhr. Mit unseren Utensilien, um böse Geister zu vertreiben, machten wir uns auf den Weg.

Am Kurplatz herrschte schon reges Treiben. Der Weg über den Platz glich einer Weihnachtsbaumallee, die uns zum Winterzauber vor dem Conversationshaus führte. Hinnerk hatte mir erzählt, dass die Stimmung an Silvester dort besonders heiter und schön wäre. »Klar, es sind jede Menge Leute da, aber es macht Spaß, mittendrin zu sein und viele Bekannte zu treffen«, hatte er gesagt.

Er war dann auch der Erste, der mir über den Weg lief. Wir unterhielten uns angeregt und ich merkte gar nicht, dass Ida plötzlich in der Menge verschwunden war. Sven grüßte nach allen Seiten, er schien wirklich so eine Art ›Inselprinz‹ zu sein.

Die Zeiger der großen Uhr rückten unaufhaltsam vor, auf die Zwölf. 57, 56, 55, …, die Sekunden wurden laut mitgezählt, 20, 19, 18, 17, 15 …

»Frohes neues Jahr!«

Kirchenglocken läuteten und ein gigantisches Feuerwerk in den schönsten Farben erhellte den Nachthimmel. Unendlich viele Funken tanzten am Himmel und stoben wie ein Sternenregen auseinander. Mit einer Wunderkerze in der Hand und mit meinem persönlichen Wunder, mit dem Mann, der mich verzaubert hatte, an der anderen Hand, erlebte ich mein erstes Silvester auf Norderney. Um mich herum verblasste alles, selbst die Geräusche und die Menschen, als ich Svens Blick erwiderte, in dessen Augen es verdächtig schimmerte.

»Auf uns Julie! Und auf ein gutes gemeinsames neues Jahr.«

»Und auf Norderney, die Liebe und das Leben.« Unser Kuss war ein Versprechen an die Zukunft, die mir in diesem Jahr meinen sehnlichsten Traum erfüllen sollte. Ich dachte an Oma Melli, die an Silvester bis auf wenige Ausnahmen immer allein auf die Insel gefahren war.

Von allen Seiten drangen Glück- und Segenswünsche an unsere Ohren und wir schüttelten selbst Menschen die Hand, die wir nicht kannten. Als es ruhiger wurde, brachen wir unsere Glückskekse auf. Ida stand knutschend weiter vorne und gab uns ein Zeichen, dass sie verschwinden wollte.

»Kleine Privatfeier«, rief sie und verschwand mit dem Typen an ihrer Hand in der Menge.

»Sag schon, was steht denn bei dir?« Doro linste mir über die Schulter, als ich das Papier in meinem Keks entfaltete.

»Erst du!«, forderte ich sie auf.

»Stell dich deinem Glück nicht in den Weg. Es will zu dir!« Sie zeigte das Zettelchen herum, um zu beweisen, dass sie sich die Botschaft nicht ausgedacht hatte. Franky zog sie zu sich heran und flüsterte ihr etwas ins Ohr. Dann las er seinen Spruch:

»Immer mit der Ruhe! Gehe einen Schritt nach dem anderen.« Zustimmend nickte er. »Leichter gesagt, als getan.« Bedächtig ging er nach vorn. »Ein Schritt nach dem anderen, auch das werde ich noch lernen.«

Sven grinste die ganze Zeit, seit er seinen Keks geknackt hatte und las: »Vertraue deinem Herzen! Gehe dorthin, wo dein Anker ist.«

»Erstaunlich, was da an Wahrheiten drinsteckt. Wie gut, dass bis jetzt alles passt!« Doro holte noch eine Handvoll Glückskekse aus ihrem Beutel. »Sollten wir noch eine zweite Runde wagen?« Schon nestelte sie an der Verpackung.

»Untersteh dich! Man soll sein Schicksal nicht zu oft herausfordern. Es bringt Unglück, wenn man den Keks tauscht oder so lange zieht, bis man meint, den richtigen gefunden zu haben.«

»Ach ja? Du musst es ja wissen Sven.« Trotzig verteilte

sie die Kekse an die Umstehenden. »Julie, mach's nicht so spannend, was steht denn nun bei dir drin?«

»Schmiede das Eisen, solange es noch heiß ist. Aber Vorsicht! Verbrenn dir nicht die Finger!«, las ich mit Unterbrechungen, weil mich ein alberner Lachanfall, wie in meinen besten Schulzeiten, schüttelte. Dieser Satz konnte auch von Gretje stammen. Sie hatte Sven den Spitznamen ›Heißes Eisen‹ verpasst. Das waren ihre Worte, die hier schwarz auf weiß gedruckt standen. Also, irgendwie war das wirklich unheimlich.

Auf meinem Handy ploppte wie auf ein Zeichen ein Selfie von Gretje auf, das die alte Ostfriesin in ihrem Sonntagsstaat mit einer Perlenkette um den Hals zeigte. Piet war auch zu sehen, er hielt Gretje im Arm und hatte sich zur Feier des Tages eine Krawatte umgebunden. Mit einem Glas Sekt prosteten sie uns zu. Wenig später folgte eine Sprachnachricht von ihr. *Klönschnack auf WartsAb*, so nannte sie das.

»Wer hat denn noch Lust, in die Milchbar ins neue Jahr zu tanzen?«, fragte Sven und wickelte sich in den Schal, den ich für ihn gestrickt hatte. Es wurde nasskalt und ungemütlich.

Doro und Frank wollten auf alle Fälle noch tanzen und nahmen den kürzesten Weg. Sven und ich gingen über die Promenade. Wir waren beide süchtig nach dem Rauschen des Meeres, dem Klatschen der Wellen an den Strand, und liebten es, die salzige Luft zu atmen.

Am Strand feierten noch ein paar Leute und schossen Raketen ab, deren bunte Lichter sich auf der Wasseroberfläche spiegelten. Schweigend, die Mützen tief ins

Gesicht gezogen, liefen wir nebeneinander her. Die Stille kam uns nach dem Trubel der letzten Stunden noch stiller vor. Wir drückten unsere Hände, sahen uns an und Sven flüsterte leise diese drei Worte, die mein Herz in Aufruhr versetzten.

»Julie, du wunderbares Sanddornmädchen, das wird unser Jahr. Du glaubst nicht, wie sehr ich mich darauf freue und wie dankbar ich dafür bin, dass wir uns über den Weg gelaufen sind.« Zärtlich strich er mir mit dem Handschuh eine Träne von der Wange, die der eisige Wind mir in die Augen getrieben hatte. Wir waren fast da.

Drinnen war es proppenvoll, doch das Glück war auf unserer Seite und wir konnten ins Warme schlüpfen. Es war umwerfend eng auf der Tanzfläche, die ausgelassene fröhliche Stimmung wickelte uns ein wie bunte Luftschlangen und die gute Laune wehte wie Glitzerstaub auf alle Anwesenden hernieder. Weiter vorn entdeckte ich meine Lieblingskundin und Freundin Hanne Neumann. Wir winkten uns zu, warfen mit gespitzten Schnütchen Küsschen durch die Luft und schoben uns im Takt der Musik millimeterweise aufeinander zu. Sven hängte sich an mich und in den ersten Stunden des neuen Jahres lagen wir uns nach mehreren Musikstücken in den Armen und wünschten uns für das nächste Jahr das Blaue vom Himmel.

»Wir seh'n uns spätestens auf meiner Party!«, jubelte Hanne und hüpfte ausgelassen weiter. Es war ihr nicht anzusehen, dass sie die fünfzig schon weit überschritten hatte.

4. Kapitel

Wir bereuten schon, dass wir Franky unser Ehren-
wort gegeben hatten, ihm beim Anbaden am
Neujahrsmorgen zuzusehen. Gegen drei Uhr morgens
waren wir erst im Bett gewesen und die traditionelle
Frischluft-Veranstaltung sollte um zwölf Uhr stattfinden. Viel lieber wären wir liegen geblieben. Der Blick
aufs Thermometer zeigte nur ein Grad, immerhin war
es ein Plusgrad, aber der eisige Wind blies aus Nordost.

»Meinst du, er macht es wirklich?«, fragte ich meinen
liebsten Sven, der im Bademantel und mit nassen Haaren am Frühstückstisch saß und Sanddornmarmelade
auf sein Brötchen strich.

»Du hast Frank doch bei dieser Krimilesung in der
Marienhöhe erlebt. So wie ich ihn kenne, wird er uns
eine filmreife Vorstellung bieten.«

»Und Doro? Glaubst du, sie steigt mit ihm gemeinsam
in die eisigen Fluten?« Es war Doros Idee gewesen, sich
das Spektakel einmal live anzusehen. Sie hatte ja schon
viel davon gehört, aber es noch nie geschafft, rechtzeitig
da zu sein. »Wie verrückt und wie todesmutig muss man
eigentlich sein, wenn man sich das antut?«, hatte sie in

den Raum geworfen und damit anscheinend den Helden in Frank zum Leben erweckt. »Mit so einem Verrückten bist du zusammen, meine Süße«, sagte er und erklärte uns aus medizinischer Sicht die Vorgänge im Körper bei solch einer Mutprobe.

»Kannst du dir das bei Doro vorstellen? Also ich nicht!« Sven rekelte sich, kreiste die Schultern und trank noch einen Schluck Kaffee. Plötzlich fing er davon an zu faseln, dass auch er in diesem Jahr neue Herausforderungen brauchte.

»Ja?«, fragte ich aufgeregt. War ich seine Herausforderung, wollte er mir jetzt den Antrag machen? Formvollendet und mit allem, was dazugehört? Immerhin waren die ersten Stunden des neuen Jahres bereits angebrochen.

»Hmm«, schnurrte er, als ich mich auf seinen Schoß setzte und ihm tief in die Augen schaute. Ich schob meine Hand in seinen Bademantel und fragte: »Wie war das doch gleich, du willst nicht so ein anständiges Mädchen wie mich? Dann …«

Er schnurrte noch einen Moment, löste den Gürtel seines Frotteemantels und zog mich auf sich. Mit einem gewissen Funkeln in seinen Augen sagte er: »Oh, Frau Tula ist wieder einmal zu Besuch? Leider muss ich dich enttäuschen, wir müssen los. In diesem Jahr will ich dein Held sein und fange sofort damit an.«

»Sven! Das ist nicht dein Ernst?«

»Oh doch! Wir können es auch zusammen tun. Nimm deine Badesachen vorsichtshalber mit.«

»Da kommt der Sportlehrer wohl wieder zum Vorschein!«, seufzte ich ergeben und packte meine Tasche.

Mit einem Sprung ins kalte Wasser hatte ich mir den Start in das neue Jahr nicht vorgestellt.

Vor der Badehalle am Weststrand bildete sich eine dicke Menschentraube. Sanitäter und Rettungskräfte stachen in ihren neonfarbenen Warnwesten daraus hervor und hatten anscheinend alles im Griff. Immer mehr Männer und Frauen in Bademänteln und mit Badekappe, sowie ein paar exotische Exemplare in Kostümierung erschienen auf der Bildfläche.

»Hey Sven, altes Haus, willst du es mir gleichtun: Wusste doch, dass du kein Weichei bist!« Franky klopfte Sven kumpelhaft auf die Schulter, drückte Doro die Tasche mit seinen Sachen in die Hand und hüpfte im Bademantel von einem Bein aufs andere.

Die Uhr zeigte fünf vor zwölf. Mit beiden Händen riss Frank seinen Bademantel auf, streckte sein kleines weißes Kugelbäuchlein raus und brüllte: »Ich tue es nur für dich Doro! Vergiss das nie, falls Neptun mich holen will. Doro, ich liebe dich!«

Der Schuss ertönte, der Mantel fiel und schon sprintete er los. Todesmutig lief er mit ungefähr vierhundert anderen über den kalten nassen Sand, einfach immer weiter. Er zuckte nicht einen Moment zusammen, als seine Badehose im Wasser verschwand und juchzte dabei wie ein jodelnder Bergsteiger.

Sven warf jetzt auch seinen Bademantel ab, sah mich kurz an und machte Anstalten, loszulaufen. Blitzschnell zog ich mich bis auf den Badeanzug aus, den ich vorsichtshalber drunter trug. Die Pudelmütze ließ ich auf, griff Svens Hand und dann rannten wir in einem Affenzahn los, sodass wir die Kälte im ersten Moment nicht wahrnahmen. Die Zuschauer applaudierten, die ersten nasse Gestalten kamen uns schon wieder entgegen. Wir sahen uns kurz an, als unsere Füße ins Wasser platschten und kreischten, als das eisige Nass uns bis zum Bauchnabel reichte. Wir liefen weiter, bis zu den Schultern, japsten nur noch und wussten, dass wir abends eine Heldenfeier veranstalten würden. Noch schneller als hinein sprinteten wir dann allerdings wieder hinaus.

Ein Vorturner in Neonorange hüpfte vorne den Hampelmann und wir Heldinnen und Helden taten es ihm brav nach. Der Rhythmus wurde immer flotter und unsere Bewegungen auch. *Aufwärmen*, nannte er das.

Applaus begleitete die Klänge, die Zuschauer hüpften mit und wir verschwanden in die Umkleide. Es gab heißen Tee und Gebäck und die Sicherheitskräfte passten auf, dass niemand zum Superhelden mutierte und womöglich alkoholisiert zeigen wollte, was er draufhatte. Es verlief aber alles sehr gesittet und die Helfer mussten nicht einschreiten.

»Mein Held, mein Neptun, mein Wassermann!« Doro umschlang ihren Liebsten wie ein Krake und rubbelte mit einem Handtuch so lange an ihm herum, bis er wieder warm wurde.

»Doro, du mein süßes Seepferdchen! Wie wäre es denn jetzt mit einem Ritt auf deinem Wassermann?«, hörte ich Franky sagen und konnte mich vor Lachen nicht mehr halten. Der heiße Sanddornpunsch, den Sven mitgeschmuggelt und von dem ich gerade einen Schluck im Mund hatte, landete im Sand.

»Hast du das auch gehört, Sven? Die beiden sind ja noch erfrischender als ein Bad in der Nordsee.«

»Mein oller Doc! Und in seiner Praxis tut er so, als ob er kein Wässerchen trüben könnte.«

Der heldenhafte Wassermann und sein Seepferdchen winkten uns zu. Wir nickten verstehend und machten uns auch auf den Heimweg.

***

Wir vertrödelten den Rest des Tages mit Telefonieren, Grüße an unsere Lieben auf dem Festland schicken und Pläne schmieden. Unseren Küchenkalender füllten wir mit Terminen wie Geburtstage, Ferien und Feiertage. Mit keiner Silbe und nicht einmal einem versteckten Symbol ließ Sven durchblicken, dass er mich heiraten wollte. Hatte ich seinen Antrag an Weihnachten etwa nur geträumt? Oder war er so eingeschnappt, weil ich nicht spontan Ja gesagt hatte?

»Haben wir auch nichts Wichtiges vergessen?«, hakte ich noch einmal nach. Ich sah mir die Einträge bis August an. Hinter die Tage, an denen Sven auf Norderney sein würde, malte ich kleine Herzchen.

»Nicht, dass ich wüsste«, griente er. »Ach ja, doch! Da ist noch einer.«

Erleichtert atmete ich auf. Jetzt! Jetzt würde er den Tag markieren. Leider hatte ich mich wieder einmal zu früh gefreut. Sven trug eine Woche im März ein, in der er, wie jedes Jahr, mit seinen Schülern zur Skifreizeit in die Berge fuhr.

»Das ist ja die Woche, in der ich Geburtstag habe. Wie blöd ist das denn?«

»Saublöd! Lässt sich aber leider nicht ändern! Es ist

alles längst organisiert.« Er klemmte sich eine widerspenstige Haarsträhne hinters Ohr und versuchte mich aufzuheitern. »Wir kommen an deinem Geburtstag zurück und am nächsten Tag bin ich sofort bei dir. Und dann feiern wir noch einmal, okay?«

»Schwacher Trost.«

Mein langes Gesicht hellte sich erst ein wenig auf, als Gretje ein *Selbie* schickte, auf dem sie schelmisch in die Kamera lachte und eine leere Flasche Sanddornlikör neben sich stehen hatte.

Moin! Denk an meine Fittamine! Mach jut. Denn bis die Tage, bei Hanneken. Bring dein heißes Eisen mit!

»Was sagst du dazu, mein *heißes Eisen*?«

»Bin gespannt auf die Party und auch auf Gretje.«

5. Kapitel

Samstagmittag fuhren wir mit gemischten Gefühlen auf die Frisia. Svens Kofferraum war bis oben hin vollgepackt, denn für ihn waren die Winterferien vorbei. Nun ging der Schulalltag wieder los. Er musste zurück nach Meppen.

»Ich habe schon die ganze Zeit über das komische Gefühl, dass wir etwas Wichtiges vergessen haben.«

»Ja?« Sven sah stur geradeaus, auf den grauen Asphalt, auf dem es an einigen Stellen gefährlich glitzerte. Der Verkehrsfunk warnte wiederholt vor Glatteis. Er blickte kaum zu mir hinüber, schien sich aber im Stillen zu amüsieren.

»Ja! Fällt dir denn wirklich nicht ein, dass du mich noch etwas Wichtiges fragen wolltest? In diesem Jahr?«

Wenn das kein Wink mit dem Zaunpfahl war! Zärtlich legte ich meine Hand in seinen Nacken, spielte mit den dunklen Härchen, die unordentlich aus seinem Dutt zippelten und sich über den Rollkragen kringelten. Konzentriert fuhr er weiter, schnurrte leicht und ließ sich nicht von mir ablenken.

»Hmm. Das Jahr ist doch gerade erst fünf Tage alt, nun sei mal nicht so ungeduldig, mein Schatz. Es fällt mir bestimmt wieder ein. In meinem Alter vergisst man schon mal was.«

»Du machst es mir aber auch nicht gerade leicht!« Seine Sturheit brachte mich zur Verzweiflung.

»Ach ja, jetzt weiß ich, worauf du anspielst!«

Endlich!

»Die Frage, ob ich zum Friseur gehen soll. Das meinst du, stimmt's?«

»Oh Mann!« Tief rutschte ich in den beheizten Sitz und hätte ihn jetzt am liebsten ordentlich geknufft. Bei dem Mistwetter war das aber zu gefährlich, das ließ ich lieber bleiben.

Das Ortsschild *Rhauderfehn* rauschte an uns vorbei, wir hatten unser Ziel fast erreicht. Bevor wir zu Hannes Haus abbogen, fuhren wir zu unserer Pension, checkten ein und setzten danach unsere Fahrt fort.

Hannes Angebot, in ihrem Ferienhaus zu übernachten, hatte Sven vehement abgelehnt. Es schien ihn ohnehin einiges an Überwindung zu kosten, an den Ort unserer ersten Begegnung zurückzukehren. Nach jener Nacht, die er in dem Haus verbracht hatte, konnte ich ihm das nicht verdenken. Hals über Kopf, ohne einen klaren Gedanken zu fassen, hatte ich ihn in einer äußerst misslichen Lage – nackt und ans Bett gefesselt – bei unserem ersten *Lovedate* zurückgelassen. Ich wollte auf keinen Fall riskieren, die Probezeit nicht zu bestehen und meinen Traum von einem Leben auf Norderney aufs Spiel setzen.

Auf dem Weg zur Party erreichte mich eine neue Nachricht von Hanne.

Safe the Date! Vergiss es! Ich musste kurzfristig umdisponieren, Treffpunkt bei Gretje.

»Hör dir das mal an.« Ich las Sven den Text vor, als wir in die Straße zu Hannes Ferienhaus einbogen. Vor dem Haus stand ein Polizeiauto und ein uniformierter Beamter versperrte uns den Weg.

»Was ist denn los?«, fragte Sven den Polizisten. Der forderte uns sogleich auf, unsere Papiere vorzuzeigen, und fragte in einer Mischung aus Hochdeutsch und Ostfriesisch, was wir in dem Haus zu suchen hätten.

»Hat sich schon erledigt. Wir sind, nee, wir waren hier zu einer Party eingeladen.« Ich zeigte ihm die WhatsApp von Hanne.

»Einbruch!«, presste der Ordnungshüter zwischen den Lippen hervor. Er nahm seine Schweigepflicht furchtbar ernst und wies uns mit knappen Befehlen an, das Grundstück zu verlassen und zu Gretje zu fahren. Aus der Haustür stürmte Hanne auf uns zu, als wir gerade den Anweisungen des Ordnungshüters folgen wollten.

»Fangt schon mal ohne mich an. Ich komme später nach, wenn wir hier fertig sind«, rief sie uns hinterher.

»Wie schrecklich! Und ausgerechnet heute!« Etwas Gescheiteres fiel mir nicht ein.

»Hannes neu gewonnene Freiheit fängt ja gut an. Gott sei Dank haben wir einen anderen Schlafplatz. War doch gut, dass ich darauf bestanden habe. Nicht wahr, liebste Tula!«

»Du hast mal wieder recht, Herr Dr. Arends, oder soll ich lieber Prinz G. zu dir sagen?« Sven grinste sein breitestes Lächeln und streckte mir die Zunge raus. Und das in seinem Alter!

***

»Jut, dat du da bist, Mädchen!«

Gretje musterte mich wieder einmal von oben bis unten. Nach geraumer Zeit nickte sie, dann wanderte ihr Blick zu Sven. »Dat *heiße Eisen* is also auch mit dabei!« Auf ihm verweilten ihre scharfen Augen in dem runzeligen Gesicht noch länger. »Ganz schön schnieke, der Kerl.« Sie fing kaum hörbar an zu kichern. Mir schien, als würde sie ihn mit ihren Blicken ausziehen. Dann gluckste sie und die schmale Linie ihres Mundes kam ihren langen Ohrläppchen bedenklich nahe.

»Fein, dat du mal wieder ringuckst, mien Jung. Moin, Herr Doktor Arends. Geit dir dat jut?« Nun sah sie mich mit strengem Blick an und Piet tat dasselbe bei ihr. Sie musste gar nichts sagen, ich wusste auch so, was jetzt kam und holte den Sanddornlikör aus der Tasche.

»Für dich Gretje.«

»Piet, mach mal auf, ich brauch jetzt Fittamine!«

Doro hockte mit Frank auf dem alten Sofa, ausgerechnet auf meinem Platz und sah mich mit großen Augen an. »Woher kennt Gretje denn unsern Sven?«

Piet kam mir mit der Antwort zuvor und rettete mich vor peinlichen Enthüllungen. Mit dem treuen Blick eines einfältigen Ostfriesen, der er mit Sicherheit nicht war, erzählte er Doro, dass Sven und ich Gretje schon mal zusammen besucht hatten.

»Und Gretjes Ostfriesentorte …«, nahm Sven den

Faden auf, woraufhin Gretje Anstalten machte, sich aus ihrem Sessel zu erheben.

»Ich geh schon.« Piet schlurfte in die Küche und Doro eilte hinterher.

»Mann, das sieht aber gut aus. So viel??? Wer soll das denn alles essen?« Ein Duft von Bohnsopp und Frikadellen schwappte durch die Küchentür zu uns rüber. Jetzt merkte ich, dass ich kurz vorm Verhungern war. Doro lief hin und her und stellte alles auf Gretjes Esstisch. Mit einer Engelsgeduld ließ sie sich dabei von Gretje herumkommandieren.

»Dat is doch alles für die Party von Hanneken. Wird ja nu nix mehr. Dat müsst ihr jetzt allein aufessen!«

»Sag mal Gretje, was ist denn nun eigentlich passiert? Erzähl doch mal.« Sven lächelte sein jungenhaftes Lächeln und schenkte Gretje noch einen Likör ein, bevor er zu den Frikadellen griff.

»Finger weg!«, rief die alte Dame in einem Ton, der einen sofort strammstehen ließ. »Gegessen wird erst, wenn Hanneken da ist. Dat is ihre Feier!«

Just in dem Moment ging die Tür auf und Hanne Neumann erschien auf der Bildfläche.

»Ist das ein Tag! Ach Gretje, wie gut, dass du im richtigen Augenblick vorbeigekommen bist!« Und dann erzählte Hanne von Gretjes Heldentat, mit der sie Schlimmeres verhindert hatte.

»Jau, da bin ich gestern Nachmittag mit Piet rübergefahren und will die Frikadellen und die Torten abliefern und noch klar Schiff machen, da kommt mir dat komisch vor, dat dat Küchenfenster weit offen steht. Und da sitzt so'n Kerl bei eisiger Kälte auf Hannekens

Terrasse und fummelt an 'nem Kästchen herum. Und vor der Garage da steht 'nen Opel, den ich noch nie gesehen hab.« Gretje zeigte auf das improvisierte Büfett, Hanne nickte müde und wünschte guten Appetit.

»Und dann?«

Gretje häufte sich in aller Ruhe den Teller voll und erzählte uns in der ihr eigenen Mundart, wie sie den Einbrecher in die Flucht gejagt hatte:

»Dat Schmuckkästchen, dat ist dem Dieb auf dem Weg zum Auto aus der Hand gerutscht. Mann, dat war aber auch 'nen richtigen Volltreffer, den ich da gelandet hab.«

»Gretje??? Du hast doch nicht etwa eine Pistole?« Hanne sah sie mit offenem Mund an. Die Anstrengungen des Tages waren ihr jetzt deutlich anzusehen. Sie hatte sich ihre Scheidungsparty sicher anders vorgestellt.

»Nee, 'nen Schießeisen brauch ich nicht.« Gretje zeigte auf die Frikadellen. »Voll aufs Auge getroffen!«

»Dat hättest du mal sehen sollen«, schmunzelte Piet und klopfte seiner alten Freundin auf die Schulter. »Dem is alles aus die Hände gefallen, der brauste ab wie Schmidts Katze. Und dann hat meine Gretje janz schnell dat Ih-Fon rausgeholt und die Polizei alarmiert.«

»Jau! Und denn hab ich den Tatort gesichert, so wie im Krimi.«

»*Nix anpacken!* So hat sie mich angeschnauzt, als ich dat Kästchen und die Klunker aufheben wollte. Und dann rauschte auch schon der Hein, dat is unser Polizist, an, und der hat uns dann janz offiziell befragt. Und wisst ihr wat …?« Piet lud sich ein Stück der weltbesten Ostfriesentorte auf seinen Teller und pulte sich die alkoholgetränkten Rosinen heraus.

»Nee, wat denn?« Ohne es zu merken, übernahm ich den Dialekt der beiden. Gretje rutschte auf die Kante des Sessels und betrachtete versonnen die Sahne in ihrer Teetasse. Wir schwiegen alle und nur die knisternden Geräusche des Kandis, der sich im heißen Tee auflöste, waren zu hören.

»Nu sag schon!« Piet blickte stolz zu Gretje hinüber.

»Nix Besonderes, dann! Ich hab dem Hein dat Kennzeichen von dem Auto gesagt und ihm denn erzählt, wie der Kerl aussah. Dat Kopptraining, dat ich jeden Mittwoch mit die Senioren mache, dat is schon echt jut.«

»Also, das hört sich ja spannend an. Gedächtnistraining, damit solle ich auch langsam mal anfangen«, meinte Doro. »Zahlen kann ich mir überhaupt nicht merken. Und bei Namen ist das manchmal ganz schön peinlich.«

»Jau! Dat is Futter für die grauen Zellen.« Bei dem Wort *Futter* horchte Piet auf und versorgte uns alle mit den Leckereien, die noch auf dem Tisch standen.

Sichtlich beeindruckt fragte Franky nach, wie das Kennzeichen denn lautete und wie sie sich das so schnell merken konnte.

»Dat muss man üben. Üben, üben, üben! Von nix, da kommt auch nix. Die Nummer war janz leicht. Dat war ein Kennzeichen von hier und denn stand dahinter FG 237. Dat FG, dat steht für Freddy und Gretje.« Sie zeigte auf ein Foto an der Wand. »Mein Freddy, mein oller Seebär. Mann, wat wär der stolz uff seine Braut.«

»FG könnte auch frecher Gauner bedeuten!«, meinte Sven.

»Und bei die Zahlen, da haben wir so 'ne besonderen Tricks. Da machen wir uns im Kopp 'nen Bild dazu.«

»Ah! Verstehe!« Frank kannte sich natürlich aus, zumindest tat er so, als er von Gedächtniskünstlern, die er im Fernsehen gesehen hatte, erzählte. In aller Seelenruhe erläuterte Gretje uns dann, wie diese Methode funktioniert. Sie hatte sich auf dem Nummernschild einen Schwan für die Zwei vorgestellt, einen Dreizack für die Drei und dann noch die sieben Zwerge für die Zahl Sieben. Und damit sie mit der Reihenfolge nicht durcheinanderkam, reimte sie sich eine kleine Geschichte daraus zusammen.

»Nu stellt euch einfach mal vor, wie Freddy und Gretje auf 'nem schneeweißen Schwan hinter 'nem Gangsterauto her sind. Als Waffe halten sie einen Dreizack in der Hand und haben sich noch die sieben Zwerge zur Verstärkung geholt. Is doch ganz einfach!«

»Also Seemannsgarn spinnen, dat kannst du!«

»Piet übt dat Kopptraining jetzt auch. Wir gehen da immer zusammen hin und wir beide, wir sind die Besten und die Fittesten!« Sie strahlte uns an.

»Stellt euch das mal vor, aufgrund der guten Beschreibung und durch die exakte Angabe des Kennzeichens konnte der Täter inzwischen gefasst werden. Nahe an der holländischen Grenze«, brachte Hanne uns auf den neuesten Stand.

Gretje wurde schulmädchenhaft rot, sie bekam richtige Apfelbäckchen, was natürlich auch an der warmen Stube oder an dem Sanddornlikör liegen konnte.

»Na, denn mal Prost! Auf unser Hanneken. Nun pass man gut auf, dat du beim nächsten Mann den Richtigen erwischst!« Damit erinnerte sie daran, weshalb wir eigentlich hier waren. Die Geschichte mit dem Einbruch war allerdings viel spannender.

»Zum Glück ist nichts Wertvolles geklaut worden. Nur ein bisschen Bargeld und Werkzeug. Aber ihr hättet mal sehen müssen, wie es in meinem Haus aussah. Alle Schubladen aufgerissen, der gesamte Inhalt auf dem Boden verstreut. Und in meinem Schlafzimmer hat der Gauner den ganzen Kleiderschrank durchwühlt und sogar die Matratze aus dem Bett geschmissen. Wenn ich mir vorstelle, dass der mein Bett angefasst hat, wird mir ganz anders.«

Wir versuchten unser Möglichstes, um Hanne aufzuheitern und zu trösten. Gretje bot an, dass Hanne heute Nacht bei ihr übernachten könnte.

»Dat Zimmer von mein Freddy is ja schon lange frei. Piet, geh mal hoch und bezieh dat Bett!«

»Jau, wird gemacht.« Piet zog ab und Gretje schlurfte in die Küche. Wir hörten, dass sie mit irgendwas herumhantierte.

»Ich hol mal dat Tablett!«

»Also, das bisschen hier, das können wir auch so abräumen. Ruh dich lieber ein bisschen aus, Gretje, du bist ja nicht mehr die Jüngste.«

»Nee, dat bin ich nich.« Die Schublade ihres Küchenschranks quietschte und schon schlurfte sie wieder in die Stube. »Bin aber noch nicht zu oll für so'n modernes Teil. Sagt Piet jedenfalls. Hat er mir zu Weihnachten geschenkt.«

Sie zeigte uns ihr *Tablet*, ein iPad der neuesten Generation, um das ich sie sofort beneidete. »Da kann ich viel besser mit guckeln und alles. Piet gibt mir denn noch mehr Nachhilfe und Hausaufgaben für Fortgeschrittene.« Sie kicherte, legte ihren Zeigefinger auf den Einschaltbutton und öffnete eine Seite, die bestimmt nicht jugendfrei war.

»Julie, du hast damals gesagt, da kann ich mir noch mal 'nen Kerl suchen, guck dir dat mal an. Wat für 'ne Auswahl!« Sie sah von mir zu Sven hinüber, der unruhig hin und her rutschte. »Aber dat is alles nix gegen deinen Sven.«

»Gretje! Du hast dich doch nicht etwa bei denen da angemeldet?« Doro stand entgeistert neben ihr und sah fasziniert zu, wie Gretje die Männer mal nach rechts oder nach links wegwischte.

»Dat is *Finder!*«, sagte sie triumphierend. Hanne und ich sahen uns nur an und zwinkerten uns zu. »Piet will auch nicht, dat ich mir da die Kerle angucke.«

Piet, den wir bisher nur lammfromm erlebt hatten, schimpfte und stellte den Sanddornlikör außer Reichweite. Wortlos schauten wir von Gretje zu Piet, aber innerlich konnte ich mich vor Lachen kaum halten.

»So, Bett ist fertig. Nu is auch genug für heute.« Wenig charmant, aber herzlich verabschiedeten sie uns.

Franky und Doro hatten bis zu ihrem Hotel in Leer noch eine ganz schöne Strecke vor sich. Sven und ich hingegen landeten zehn Minuten später kichernd und am Herumalbern in unserer Pension. Die Wirtin war noch auf und erzählte uns brühwarm, was sie von dem Einbruch gehört hatte. Wie gut der Buschfunk auch in Ostfriesland funktionierte!

Endlich waren wir allein. All die Küsse und Zärtlichkeiten, die wir uns den ganzen Abend verkneifen mussten, tauschten wir nun aus und wärmten uns gegenseitig.

6. Kapitel

Sven war so lieb und brachte mich am nächsten Morgen direkt zum Anleger. Da Blitzeis vorhergesagt worden war, hatten wir uns schon sehr früh auf den Weg gemacht. Mir fiel ein Stein vom Herzen, als ich sah, dass der Fährverkehr noch nicht eingestellt worden war.

»Komm gut nach Hause und melde dich sofort, wenn du angekommen bist.«

»Versprochen!«

»Fahr vorsichtig!«

»Ja, Mutti!«

»Blödmann!«

Uns blieb nicht viel Zeit zum Verabschieden. Wir hielten uns an den Händen, Sven wickelte sich in seinen Schal und seine meerblauen Augen umarmten mich mit Liebe und Wärme. *Warum hat er mich denn immer noch nicht gefragt?, dachte ich.* Meine Angewohnheit, mehr oder weniger intelligente Selbstgespräche zu führen, machte sich wieder einmal bemerkbar, nur dass ich nicht leise dachte, sondern gut verständlich. Ich merkte es erst, als Sven seine Arme um mich legte und mich ein letztes Mal küsste. Sein Kuss fühlte sich an wie ein Abschiedskuss, für immer und ewig.

»Er hat dich doch gefragt, schon vergessen?«, beantwortete er meinen Gedanken. »An Weihnachten. Und du hast leider nicht Ja gesagt. Das tut mir auch weh. Du kannst froh sein, dass ich noch nicht beim Friseur war.«

»Ich habe aber auch nicht Nein gesagt. Ich will doch nur, dass du dir ganz sicher bist. Du …«

»Liebste Julie, gib mir noch ein paar Tage Zeit.«

***

Ich winkte ein letztes Mal, ging hinunter in das Restaurant der Frisia und schipperte zurück auf meine Insel.

In meiner Jackentasche suchte ich nach dem Schlüssel für Svens Wohnung. Ja, da war er. Leise schloss ich die Tür auf, der vertraute Geruch umfing mich und plötzlich kam es mir sehr seltsam vor, in diesen Räumen ohne ihn zu sein.

***

Die Neujahrsurlauber reisten ab, die Buden des Winterzaubers verschwanden und das Kulturprogramm lief auf Sparflamme. Auch bei uns im Thalassotempel ging es beschaulich zu. Auf der Insel war es jetzt wirklich ruhig geworden.

»Willst du nicht bald mal deinen Gutschein einlösen?«, fragte Trude. »Jetzt ist die beste Zeit dafür. Du könntest am Dienstag eine schöne Packung mit Ganzkörpermassage nehmen. Bei Hinnerk, der hat noch Luft in seinem Terminkalender.«

»Wenn du meinst. Dann trag mich mal ein, bevor der Gutschein verfällt.« Ich hatte den Gutschein, den meine Teamkollegen mir geschenkt hatten, inzwischen fast vergessen.

Hinnerk schaute entweder verlegen an mir vorbei, oder aber auf den Boden, als ich im Slip vor ihm stand.

»Mensch Hinnerk, du hast doch schon mal 'ne halbnackte Frau gesehen. Ist das ein Problem für dich, dass ich heute deine Kundin bin und nicht deine Kollegin? Du hast einen so guten Ruf und die weiblichen Gäste schwärmen von deinen zarten Händen. Also zeig mir, was du draufhast.«

»Soll ich nicht doch lieber Trude fragen?«

»Also wirklich! Ich lege mich da jetzt hin und du machst! Verstanden!«

Hinnerk wuselte noch ein bisschen umher, aber dann griff er beherzt das Massageöl, wärmte es in seinen Händen an und machte sich an die Arbeit. Als ich einmal zu ihm aufschaute und etwas sagen wollte, verkniff er sich ganz schnell sein unverschämtes Grinsen. Ich sagte nichts mehr und schon nach kurzer Zeit wurden auch meine Gedanken ganz ruhig. Mein Kollege hatte keine Lust zum Reden, er streichelte und massierte mich mit so viel Gefühl, dass in mir der Gedanke aufblitzte, er könnte in mich verliebt sein. Es war die schönste und entspannendste Wellnessbehandlung, die ich seit ewigen Zeiten genossen hatte. Nur mein lieber Freund Leon konnte es noch besser, noch raffinierter, aber das war eine andere Geschichte.

Mit Leon verband mich immerhin sehr viel mehr als

mit Hinnerk. Leon war nicht nur mein Kollege gewesen, sondern auch für ein paar Wochen mein Liebhaber.

Tiefenentspannt radelte ich nach Hause und holte meine Bastelsachen aus dem Schrank. *Ein anständiges Mädchen hat immer eine Handarbeit.* Dieser Spruch von Oma Melli ging mir nicht aus dem Kopf.

Nun breitete ich meine gesammelten Materialien für einen Traumfänger auf dem Tisch aus. Einen Metallring, Garn, Federn, das tiefblaue Schneckenhaus einer Wellhornschnecke, das Sven mir geschenkt hatte, als ich ihn zum ersten Mal zur Fähre begleitete und die goldfarbene Folie des Sanddornhappens, mit dem alles begann, lagen neben einer Schere, einer Spiegelscherbe und einem dunklen Perlmuttknöpflein.

Seit Langem hatte ich keinen Traumfänger mehr gebastelt, ich musste ein bisschen tüfteln, bis ich den Bogen wieder raushatte. Ich knüpfte Knoten, verband die einzelnen Utensilien miteinander und unterhielt mich im Stillen mit meiner Oma, die mir gezeigt hatte, wie es geht und die mir dabei vom Träumen erzählte. Voller Stolz betrachtete ich anschließend mein Werk und war sehr zufrieden damit. Den Traumfänger hängte ich im Schlafzimmer vors Fenster und erfreute mich beim Einschlafen daran.

In dieser Nacht schlief ich tiefer und fester denn je. Ich träumte von einer wunderschönen Strandhochzeit bei strahlendem Sonnenschein – und ich war die Braut. Der Mann, der mir den Ring aufsteckte, sah aus wie eine Mischung aus Sven und Leon und noch jemand, den ich nicht zuordnen konnte. Die Traumbilder wirkten so klar und lebendig in mir nach, dass ich am nächsten Morgen verstohlen auf meine Hand schaute. Nein, da war kein Ring am Finger.

Die Bilder der Nacht begleiteten mich auch den ganzen Tag über. Trude faltete mal wieder Handtücher, und als sie mich zu sich heranwinkte, war mir klar, dass ihr wieder etwas auf der Seele brannte.

»Julie, du hast mir noch gar nicht erzählt, was du zu Weihnachten von deinem Schatz bekommen hast. Oder doch?« Kante auf Kante legte sie das apricotfarbene Frottee und stapelte es zu Türmchen von je fünf Stück.

»Nö, ich glaube nicht. Du hast mich ja nicht gefragt.«

»Dann frage ich dich jetzt! Komm schon, verrate es mir. Er hat dir bestimmt etwas ganz Besonderes geschenkt.« Den letzten Satz flüsterte sie sehr geheimnisvoll.

»Muss ich meiner Chefin eigentlich alles erzählen? Trude, Trude, du bist ganz schon neugierig.«

»Bin nur interessiert am Wohlergehen meiner Mitarbeiter.«

»Aber das habe ich dir doch schon erzählt, dass ich umgezogen bin, zu Sven. Das war sein Geschenk, der Schlüssel zu seiner Wohnung.«

»Wie unromantisch. Und sonst nichts? Hat er dich denn nicht gefragt, ob du …«

»Meine nächste Kundin wartet schon«, rief ich fröhlich, drehte mich um und wollte schnell davoneilen.

»… ihn heiraten willst? Ich meine, das liegt ja nahe, wenn er schon sein Nest mit dir teilen will«, vollendete Trude ihren Satz, stapelte unbeirrt die Handtücher aufeinander, packte sie in Regale und meinte trocken:

»Unsere Standesbeamtin wartet in der Sieben auf dich. Wir reden nachher!«

Das passt ja mal wieder, jetzt auch noch Frau Maier, die Traugöttin der Insel. Die Gute nutzte die ruhige Jahreszeit, in der nicht so viele Ehen geschlossen wurden, um sich für die kommende Saison fit zu machen.

Frau Maier hatte unsere Unterhaltung mitgehört, sie fragte ungeniert, ob Sven und ich denn schon wüssten, wann die Trauung stattfinden soll und auch wo und wie.

»Wer die Wahl hat, hat die Qual«, seufzte sie und zählte mir die vier Möglichkeiten auf, wie man auf Norderney offiziell Ja sagen konnte. Bei Nummer vier, als sie die Vorzüge der Hochtiedsstuv erläuterte, war unsere Zeit bereits um und sie bot mir an nachzuschauen, wann sie in den Sommermonaten noch Termine frei hätte.

»Bei Ihnen, Frau Sommer, tippe ich auf Strandhochzeit im Badekarren!« Davon schien sie fest überzeugt zu sein. »Und meine Trefferquote liegt knapp unter hundert Prozent.«

»Danke, ich weiß das Angebot zu schätzen, aber er hat mich ja noch nicht einmal gefragt!«

Ruckartig setzte sie sich auf, sah mich streng an und meinte: »Wirklich? Das glaube ich nicht!«

»Na, ja«, murmelte ich kleinlaut. »Ich habe nicht direkt Ja gesagt.«

»Mädchen, Mädchen! Dat gibt's doch wohl nicht!«

***

Mein Traumthema war für diesen Tag aber immer noch nicht beendet. Als ich unseren Briefkasten leerte, fand ich neben verspäteten Neujahrsgrüßen für Sven auch einen Brief von ihm. Für mich. Ich drehte ihn in der Hand hin und her. Er war ziemlich dick.

Erstmal brühte ich mir einen Kaffee, setzte mich im Schneidersitz aufs Sofa und dann nahm ich den Brief aus dem Umschlag.

Meine liebste Julie,
es tut mir so leid, aber ich …

Die Buchstaben verschwammen vor meinen Augen, als ich den ersten Satz las. Es tut ihm leid! Wie aus dem Nichts hatte ich die Situation vor Augen, als Lucas mir kurz vor unserer Hochzeit mit denselben Worten eröffnete, dass wir nicht zusammenpassen. Ich griff nach dem Kaffee, er schwappte über den Rand, so sehr zitterten meine Hände. Eine braune Pfütze breitete sich aus, die ich schnell trocken tupfte. Dann las ich weiter und war auf das Schlimmste gefasst.

Meine liebste Julie,
es tut mir so leid, aber ich wusste nicht, wie ich es sagen soll. Obwohl ich Deutsch unterrichte, fehlen mir manchmal die Worte.
Ich weiß, dass du jeden einzelnen Tag darauf gewartet hast, dass ich meinen Heiratsantrag wiederhole. Aber auch wenn du es mir nicht angemerkt hast, ich weiß, ich kann so etwas gut überspielen, hat es mich doch sehr betroffen gemacht, wie du reagiert hast. Die Frage war mir so rausgerutscht, ich hatte es nicht geplant, nicht einmal darüber nachgedacht, weil ich mir so sicher

war. Es passte in dem Moment und ja, ich gebe zu, ich
mag auch nicht gern enttäuscht werden. Männer, und
ganz besonders ich, sind an diesem Punkt sehr sensibel.
Aber dann habe ich gedacht: Ja, sie hat ja recht. Wir
kennen uns noch nicht einmal ein Jahr und wir sollten
uns wirklich sicher sein, ob wir für immer zusammen-
bleiben wollen.

Du hast gesagt, ich sollte mich fragen, ob ich so ein
anständiges Mädchen wie dich wirklich zur Frau will.
Diese Frage kann ich dir leicht beantworten, denn
das war ja nur Geplänkel. Aber es gibt weitaus mehr
Fragen, die beantwortet werden wollen. Das Leben ist
nicht nur rosarot, himmelblau oder sanddornorange.
Es ist gelegentlich auch düster oder schlichtweg ohne
Knallerfarben. Die ruhigen Töne mag ich aber auch
sehr, es muss nicht immer leuchtend und extrem sein.

Liebste Julie, ich sehe es förmlich vor mir, wie ängst-
lich du Zeile für Zeile liest und im Stillen schon damit
rechnest, dass ich Schluss mache.

Der letzte Satz auf dem Blatt haute mich um, ich las nur
›Schluss machen‹. Am liebsten hätte ich den Brief zer-
knüllt, ihn in die Ecke geschleudert und wäre in meine
kleine Personalwohnung geflüchtet. Sollte mein Traum
wieder wie eine Seifenblase zerplatzen? Meine innere
Stimme flüsterte ›nun man ruhig Blut.‹ Das war auch
einer von den Sprüchen, die meine Oma gern zitierte.
Doch das war leichter gesagt, als getan. Dennoch las ich
weiter.

Leider muss ich dich wieder enttäuschen. Du kannst dich beruhigt und entspannt zurücklehnen, ich mache nicht Schluss. Nie und nimmer! Traust du mir das wirklich zu? Und dann auch noch per Brief und nicht einmal persönlich?

Nein Julie, ich will mit dir zusammenbleiben, aber mein Verstand möchte auch noch ein Wörtchen mitreden. Und da du diese merkwürdige Schwäche für Listen hast, habe ich mal etwas vorbereitet, worüber du dir Gedanken machen solltest. Ich mache es ebenso.

Tränen der Erleichterung liefen mir über die Wangen und ich schrieb umgehend eine WhatsApp an meinen Liebsten.

Wie kannst du mir das antun? Habe eben deinen Brief geöffnet. Du Blödmann!!! Lauf du mir noch einmal über den Weg! Sofort schickte ich die Nachricht ab.

Grinsende Smileys, die mir die Zunge rausstreckten, waren seine Antwort. *So ähnlich habe ich mich auch gefühlt. Und ja, der Blödmann wird dir wieder über den Weg laufen. Aber was ist dann?*

Ich legte mein Smartphone aus der Hand und blätterte um.

Zukunftsliste: Die Überschrift sprang mir ins Auge und mein Schluchzen ging in haltloses Kichern über. Sven hatte sich richtig viel Arbeit damit gemacht. Als Lehrer hatte er für diese Art von Listen bzw. Fragebogen bestimmt eine passende Software. Zunächst überflog ich das Papier, die Liste hätte von mir sein können. Anschließend holte ich mir einen Stift und meinen Notizblock, bereitete mir eine heiße Schokolade mit Sahne und vertiefte mich in meine Zukunftsvisionen, die er mit seinen Fragen zum Leben erweckte.

Zukunftsliste

Liebste Julie, beantworte folgende Fragen möglichst ohne lange darüber nachzudenken. Der erste Gedanke ist meistens der richtige!

1. Magst du mit mir einschlafen und mit mir aufwachen?
2. Magst du lieber Hunde oder Katzen?
3. Urlaub in den Bergen, oder an der See?
4. Magst du lieber geblümte oder karierte Hemden?
5. Kaffee oder Tee?
6. Magst du Sanddornküsse und männliche Heulsusen, so wie mich?
7. Magst du mit mir auf den Leuchtturm steigen? Schwierigkeitsstufe 2: Mit verbundenen Augen!
8. Magst du mich so, wie ich bin?
9. Magst du weiterlesen und dich mit schwierigeren Fragen auseinandersetzen?
10. Kannst du dir vorstellen, auch hier bei mir in Meppen zu leben?
11. Was wäre, wenn ich keinen Job hätte?
12. Würde es dir etwas ausmachen, wenn ich einmal im Jahr mit meinen Kumpels nach Malle fahre?
13. Wünschst du dir Kinder? Wenn ja, auch von mir?
14. Kannst du dir vorstellen, meine Königin zu sein? Meine Sanddornkönigin?

15. Magst du …
16. Kannst du dir vorstellen …
17. Was wäre, wenn …
18. Fühlst du es auch?
19. Kannst du dir vorstellen, dass es mehr als nur die eine große Liebe im Leben gibt?
20. Willst du …?

Überall dort, wo … steht, kannst du noch eigene Sachen eintragen, die dir im Kopf rumschwirren.

Diese Zukunftsliste ist eine Hausaufgabe für dich, die du im Laufe der nächsten zwei Wochen erledigt haben solltest. Falls du deine Hausaufgaben nicht machst, musst du nachsitzen, die Fenster putzen und noch ein paar andere Sachen. Grins! Viel Spaß damit! – Bin gespannt auf deine Antworten und was dir noch alles einfällt.

Vermisse dich! Kuss, wohin du willst.

Dein Sven

Boah, was hatte er sich denn da wieder ausgedacht? Wo hatte er denn die Fragen her? Womöglich aus einem Beziehungsratgeber, oder hatte er sich das wirklich alles selbst ausgedacht?

Punkt für Punkt ging ich die Fragen durch, manche konnte ich spontan bejahen, bei anderen kam ich ins Grübeln. Beispielsweise, ob ich mir auch vorstellen könnte, bei ihm im Emsland zu wohnen. Warum war ich denn wohl nach Norderney gezogen? Was für eine blöde Frage. Anderseits, das musste ich zugeben, konnte das kein Dauerzustand sein, mit unserer Fernbeziehung. Ich machte mir eine Notiz am Rande: »Kannst du dir auch vorstellen, dauerhaft auf Norderney zu leben?« Wieso sollte denn ausgerechnet ich umziehen?

Ich machte mir noch eine heiße Schokolade, diesmal mit Schuss. Das Aroma stieg mir in die Nase, allein davon konnte man einen Schwips bekommen. Bei Kummer schwor meine Oma auf heiße Schokolade als Seelentröster. Ich durfte eine Kinderschokolade trinken, sie bevorzugte die Variante, die jetzt in meinem Becher dampfte. ›Dein Anker ist immer da, wo dein Herz ist‹, hatte sie feierlich gesagt, als sie mir zum dreißigsten Geburtstag meinen Glücksbringer, ein Kettchen mit einem Herz und einem Anker daran schenkte.

Vorsichtig löffelte ich die Sahne, nippte an dem heißen Seelentröster und stellte mir vor, wie es wäre, in der *Hauptstadt des Emslandes* bei Sven zu leben. Immerhin hätte ich dort ein ganzes Haus und einen herrlichen Garten, samt Teich und einem Gartenzwerg. Perfekte Rahmenbedingungen für ein Ja bei Frage dreizehn.

An meiner Vorstellung von einem Leben mit Kindern hatte sich auch nach der Trennung von Lucas nichts geändert. Jedoch war ich inzwischen davon überzeugt, dass mir der Kindersegen nicht vergönnt war. War es mit fünfunddreißig nicht schon zu spät dafür? Falls es überhaupt klappen würde.

Nicht lange sinnierte ich über Frage neunzehn. Eindeutig Ja! Das konnte ich mir vorstellen, meine Oma hatte mir in ihrem Brief mit so viel Liebe und Wärme erzählt, wie es bei ihr gewesen war. Außerdem erlebte ich es ja gerade selbst, dass einen die Liebe auch ein zweites Mal mitten ins Herz treffen konnte. Auch wenn ich das niemals für möglich gehalten hatte. Lucas gehörte längst der Vergangenheit an. Meine Gefühle für Sven saßen viel tiefer. Wenn ich nur an ihn dachte, war ich von Wärme und Zuversicht erfüllt.

Mit Frage acht im Kopf ging ich schlafen und die Traumbilder der letzten Nacht kehrten zurück. Ich legte den Brief unter Svens Kopfkissen, kuschelte mich in seinen Geruch, der noch darin hing und sehnte mich nach seiner Nähe. Es gab nichts Schöneres, als mit ihm einzuschlafen und mit seinem Bartgekitzel und seinen Küssen aufzuwachen.

Ich war ihm nicht mehr böse, dass er mir noch keinen Heiratsantrag gemacht hatte, und gab ihm Zeit. Dieser Mann war eine echte Herausforderung! Nicht einfach, aber ungemein reizvoll.

Ja, ich liebte meinen Sven genau so, wie er war.

7. Kapitel

Meine *Hausaufgabe* gab mir allerhand zum Nach-denken, machte mir aber auch riesigen Spaß. Als ich auf alle Fragen eine Antwort gefunden hatte und auch die »Was wäre, wenn … Notizen« erledigt waren, schickte ich ihm eine Mail.

Willst du …? Ja, ich will! – Dich sehen, so schnell wie möglich und ich will wissen, wie du die Aufgaben beant-wortet hast. Bleibt es dabei, dass du am Wochenende her-kommst?

Streber! Hatte nicht damit gerechnet, dass du so schnell fer-tig bist. Freitagabend bin ich bei dir. Hast du auch nichts vergessen? Kuss, Dein Sven.

Die Wochenenden, in denen Sven auf die Insel kam, bezeichnete ich als meine *Sven-Wochenenden,* für die ich Himmel und Hölle in Bewegung setzte, um an den Tagen nicht komplett arbeiten zu müssen. Leider klappte das nicht immer so, wie ich es mir wünschte. Den Spät-dienst am kommenden Sonntag konnte ich zu meinem Bedauern nicht wegtauschen, es war aussichtslos. Dafür konnte ich aber schon Freitag nachmittags nach Hause gehen und hatte samstags frei. Gustav Johansson hatte sich für Freitagnachmittag angekündigt, um das neue Spiegelglas einzusetzen.

Trude löcherte mich täglich aufs Neue und wollte wissen, ob es schon einen Heiratsantrag gab. Sie fragte in einem seltsamen Tonfall, der mir auf unerklärliche Art verdächtig vorkam. Er erweckte den Eindruck, als wüsste sie mehr, als mir lieb war. Seit Leons Besuch im letzten Sommer wusste ich, dass sich manche Dinge auf Norderney schneller herumsprachen, als eine Möwe einem das Brötchen aus der Hand stibitzen konnte. Trude bekam jedes Mal, wenn sie vom Heiraten sprach, so einen glückseligen, leicht dümmlich wirkenden Gesichtsausdruck. Man konnte meinen, es ginge dabei um sie selbst. Als sie wieder einmal damit anfing, drehte ich den Spieß um und fragte, wie das bei ihr gewesen war.

»Erzähl doch mal Trude, wie war das denn bei dir? Wie hat dein Mann das angestellt, mit dem Heiratsantrag? Romantisch? Mit Kniefall und roter Rose?«

»Nee, für so'n Quatsch ist meiner nicht zu haben. Der hat mit mir 'ne Kutterfahrt gemacht und dann draußen, auf See, als es so richtig schaukelte und ich schon ganz schwindelig war, da hat er meine Hand genommen und gesagt: ›Trude, du bist der dickste Fisch, der mir jemals ins Netz gegangen ist und dich geb ich nicht wieder her. Willst du meine Frau werden?‹

Ich war so perplex, dass mir die Übelkeit im Halse stecken blieb und stammelte nur: ›Ja! Alles was du willst!‹ Mein Tamme drückte mich so dolle, dass ich fürchtete, den Tag der Hochzeit nicht mehr zu erleben. Und dann knutschte er mich auf eine Art, dass mir Hören und Sehen verging. Als ich immer noch taumelnd, wieder festen Boden unter den Füßen hatte und nicht sagen konnte, wo oben und unten ist, da hat er mich denn noch einmal gefragt und hier …«, sie zeigte auf die helle Stelle an ihrem Ringfinger, »… da hat er mir dann den Ring angesteckt.«

»Boah. Und hast du es jemals bereut?«

»So'n Quatsch! Wir kannten uns doch schon ein paar Monate! Mir war klar, worauf ich mich einlasse und dass ich immer auf ihn zählen kann. Unter meinen Händen, da wird der raue Kerl weich und süß wie geschmolzene Schokolade. Ich brauch ihn nur mit meiner Verwöhnmassage locken, dann bekomme ich alles, was ich will. Nee, mein Tamme ist der Beste! Für mich kommt kein anderer in Frage«, sagte sie resolut. »Obwohl …, dein Sven, wenn der mir damals über den Weg gelaufen wäre, den hätte ich auch genommen.«

»Da habe ich ja echt Glück gehabt!«

***

Pünktlich um halb fünf stand der schöne Gustavo, wie man den Handwerker auch nannte, vor meiner Tür.

»Moin!, oder He!«, lächelte er mich mit strahlend weißen Zähnen an. »Bist ja schon bekannt dafür, dass du Insulanerin werden willst, da kann ich auch *He!* sagen.«

Der duzte mich einfach. Aber das war auch so eine Eigenart, an die ich mich schnell gewöhnt hatte. »He!«, erwiderte ich den Gruß der Einheimischen.

Sehr behutsam holte Gustavo Johansson den Spiegel

aus dem Lieferwagen, trat sich ordentlich die Füße ab und kam herein. Mit den dunkelroten Samthandschuhen, die er für die zerbrechliche Lieferung übergezogen hatte und der blauen Latzhose sah er urkomisch aus.

»Oh Mann, hier riecht es aber lecker nach Kaffee!«, war das Erste, das er sagte, als er im Hausflur stand. Unüberhörbar sog er den Duft ein, lehnte das folienverpackte Glas an die Wand, stemmte die Hände in die Hüften und sah mich abwartend an.

»Möchtest du auch einen Kaffee?« Ich hielt meinen Becher noch in der Hand.

»Da sag ich nicht nee!« Wie selbstverständlich machte er es sich am Tisch bequem, begutachtete die übrig gebliebenen Weihnachtskekse und griff zu. »Mit Zucker und Milch! Bitte.«

Ich stellte Zucker und Milch auf den Tisch und sah zu, wie der schöne Gustavo in seiner Tasse rührte und die Kekse der Reihe nach durchprobierte. Mit einem sonnigen Lächeln und unverhohlener Neugier sah er mich an. Dann blickte er sich im Zimmer um, nickte, obwohl ich nichts gesagt hatte, und mampfte einen Keks nach dem anderen. Als nur noch der Anstandskeks in der Dose lag und ich ihm einen zweiten Kaffee verweigerte, fiel ihm wohl ein, dass er nicht zum Spaß hier war, sondern mit einem Arbeitsauftrag.

»Bist meine letzte Kundin heute.«

»Na los, dann mal ran an die Arbeit, du willst ja bestimmt pünktlich Feierabend machen.« Ich zeigte auf die Tür und ging voran ins Schlafzimmer.

»Mann, oh Mann!« Unschlüssig blieb er im Raum stehen, starrte auf das Bett und dann auf mich.

»Dort steht der Spiegel!« Eigentlich war er nicht zu übersehen.

»Dat sehe ich, guter Trick. Echt!«

»Hä?« Was meinte er mit: *Guter Trick*?

»David hat mich nicht angeschwindelt, als er meinte, dat du mit allen Wassern gewaschen bist.« Umständlich packte er das Glas aus der Folie und verstreute das Plastikzeug überall um sich herum.

»Kannst du das nicht vernünftig auf einen Haufen legen?«, raunzte ich ihn an. Auf seinen blöden Spruch ging ich erst gar nicht ein, stattdessen sammelte ich die Fetzen der Noppenfolie auf und legte sie ordentlich zusammen. Das hätte ich besser nicht machen sollen! In dem Augenblick, als ich wieder etwas zusammenschob, warf er den Spiegel aufs Bett und stürzte sich auf mich.

Schlagartig wusste ich, woher er mir bekannt vorkam. Der Handwerker war der Typ, den ich zusammen mit David im Surfcafé gesehen hatte. Damals, als ich mit Tom, Omas heimlicher Liebe, verabredet gewesen war. Davids dämlicher Spruch, als er mich als *das Inselluder* bezeichnete, klang mir noch im Ohr.

»Spinnst du? Lass mich sofort los! Ich schreie!« Wütend schlug ich auf den Kerl mit dem engelsgleichen Gesicht ein, aber er schien es überhaupt nicht zu merken.

»Tu doch nicht so, du kleine Kratzbürste, das hast du doch extra für mich so eingefädelt.« Mit einer Hand krallte er sich in mein Haar und mit seinem Knie drückte er meine Beine auseinander. Sein Gesicht näherte sich meinem unaufhaltsam und mit der Zunge leckte er sich in obszöner Weise über die Lippen. Wild, wie irrsinnig, sah er aus und besaß Kräfte wie ein Bär. Alle Freundlichkeit war wie weggeblasen.

»Mann, bist du stark!«, stieß ich unter seinem Gewicht keuchend hervor. Ich tat so, als würde ich ihn bewundern, ihn toll finden und versuchte so, ihn abzulenken. In seinen Augen blitzte es auf, sein Griff lockerte sich für einen Moment. Ich biss zu. Er zuckte zusammen, sein Ohr blutete, es war aber noch dran.

»Du Hexe! Ich zeig dir mal, wo der Hammer hängt!« Er ließ meinen Kopf los und zerrte an seinem Reißverschluss, den er gar nicht schnell genug aufbekommen konnte. Ich nahm all meine Kraft zusammen, mein Knie schnellte in den Bereich, den er freilegen wollte – und traf. Der schöne Gustavo krümmte sich und jaulte laut auf. In dem Augenblick sah ich meinen Retter, meinen Sven in der Tür stehen.

»Aus!«, brüllte er. Mit einem Satz war er bei uns, griff sich meinen Peiniger und zerrte ihn in die Höhe. »Bist du verletzt, mein Mädchen? Hat er dir etwas angetan?«

Mir zitterten noch die Knie, als ich mich aufrichtete. Umständlich strich ich meine Kleidung glatt, suchte Halt und brauchte einen Moment, bis ich ansprechbar war.

»Ist ja gerade noch einmal gut gegangen. Wenn du nicht zur Tür hereingekommen wärst …« Erst als ich es aussprach, wurde mir das volle Ausmaß des Geschehens bewusst. Sven strich mir beschwichtigend über die Wange, dabei ließ er den Handwerker aber keine Sekunde aus den Augen.

»An die Arbeit, aber sofort!« Sven zeigte auf den Spiegel und schickte mich ins Wohnzimmer. »Julie, ich bleibe hier und passe auf, dass seine Arbeit fertig wird.

Anschließend habe ich mit dem jungen Mann noch ein Wörtchen zu reden.«

»Hey Meister, nun sei mal friedlich. Deine Kleine wollte mir an die Wäsche, und hier«, er zeigte auf sein Ohr, »gebissen hat mich das Luder auch noch. Anzeigen werde ich das Miststück wegen Körperverletzung.«

Bei dem Wort *Luder* schnellte Svens Hand in die Höhe, er verpasste seinem Gegenüber eine saftige Ohrfeige auf die andere Seite.

»Damit das auch seine Richtigkeit hat, mit der Körperverletzung!« Mit geballten Fäusten stand mein Held vor dem schönen Gustavo, der jetzt nur noch ein jämmerliches Bild abgab.

»Schon gut, Meister. Ich mach ja schon.« Von einer Sekunde auf die andere verwandelten sich die Gesichtszüge des Handwerkers. Das engelsgleiche Lächeln trat wieder zutage, so als hätte er eine Maske abgenommen. Freundlich und lammfromm schaute er drein, als ob nichts gewesen wäre.

Auf den Schrecken brauchte ich erstmal einen Schnaps! Neben verschiedenen Sorten Whisky fand ich in Svens Bar nur noch Sanddornlikör. *Fittamine*, dachte ich und genehmigte mir gleich einen Doppelten. Langsam beruhigten sich meine Nerven wieder. Nebenan hörte ich Gustav Johansson werkeln, doch nur selten fiel ein Wort. Mein Blick ging zur Uhr und ich fragte mich, was die da drinnen so lange machten. Ob Sven den Lehrer hervorkehrte und seinen Schüler, besser gesagt den Handwerker, zur Strafe nachsitzen und Überstunden machen ließ? Er konnte fürchterlich genau und pingelig sein. Nach einer guten Stunde bekam ich mit, wie er den schönen Gustavo verabschiedete.

»Und die Quittung hätte ich auch noch gern«, sagte mein Schätzchen in einem Ton, der keinen Widerspruch duldete. Der schöne Gustavo knurrte ein missgelauntes *Tschüss,* dann fiel die Tür ins Schloss und endlich waren wir allein.

»Da bin ich ja genau zum richtigen Zeitpunkt vorbeigekommen.«

Sven stand noch immer in Mantel und Mütze da, genauso wie er vorhin hereingekommen war.

»Ja, das war knapp!«

Er warf seine Jacke auf den Stuhl und nahm mich in den Arm. Diese kleine liebevolle Geste brachte das Fass zum Überlaufen, meine Augen füllten sich mit Tränen und ich fing haltlos an zu schluchzen.

»Der wollte mich vergewaltigen! Der hat wohl gedacht, nur weil er einen Kaffee bei mir bekommen hat und ich mit ihm ins Schlafzimmer gegangen bin, wäre das eine Einladung für …? War ich mal wieder zu nett und zu lieb? Spätestens beim dritten Keks hätte ich auf den Tisch hauen und ihn an seine Arbeit erinnern müssen. Ich sollte mir wohl besser einen Teil von Frau Tula bewahren!«

»Keine schlechte Idee! Die Dame kann sich zumindest durchsetzen. Ich fand sie übrigens sehr aufregend.«

»Bin ich dir denn auch zu brav, zu lieb, zu naiv?« Ich schenkte Sven einen Sanddornlikör ein. »Hast du das damals eigentlich ernst gemeint, dass du so ein anständiges Mädchen wie mich nicht willst?«

»Liebste Julie, du bist genau richtig so, wie du bist.

Ich mag anständige Mädchen! Die dürfen aber auch mal unanständig sein. Zu gern würde ich noch einmal die Bekanntschaft mit Frau Tula machen. Was meinst du? Kannst du dir das vorstellen?«

Upps! Was war denn das? Er fand also doch Gefallen an dieser Spielerei. Vielleicht sollte ich mein Köfferchen mit dem heißen Outfit wieder öffnen und einmal probieren, ob die Sachen noch passen.

»Ja, und wie! Wenn du dir das auch vorstellen kannst.« Sven küsste mich so, dass mein Anstand schnell flöten ging. Dann zeigte er mir, wie schön mein Schätzchen vom Sperrmüll mit dem neuen Spiegelglas geworden war.

»Wow! Der sieht aber gut aus, wie neu! Dieser Aufwand hat sich wirklich gelohnt! Der schöne Gustavo hat aber auch echt lange gebraucht, bis er mit seiner Arbeit fertig war. Wieviel musstest du denn für die Reparatur hinblättern?«

»Also …, ich habe nur die Materialkosten bezahlt. Auf seinen Stundenlohn und die Fahrtkosten hat unser Handwerker freiwillig verzichtet.«

»Wie hast du das denn angestellt?«

»Wird nicht verraten. Die Quittung hat er selbstverständlich ganz korrekt über die Gesamtsumme ausgestellt. Es muss ja alles seine Ordnung haben.«

Svens breites Jungengrinsen lachte mich im Spiegel an, ich wickelte ihn aus seinem Schal und krabbelte mit meinen Fingern unter seine Mütze, den Nacken hinauf. Plötzlich hielt ich wie erstarrt in meiner Liebkosung inne.

»Sven!!!«, stieß ich aus und mein Schrei hallte durch die ganze Wohnung. »Dr. Sven-Gabriel Arends! Was hast du getan?« In seinem Nacken kräuselten sich keine

Locken mehr, keine verwegenen Haarsträhnchen hingen ihm ins Gesicht, da war nichts mehr, in das ich mit beiden Händen hineingreifen konnte.

»Du hast das so gewollt. Du hast nicht Ja gesagt.« Sein Grinsen ging in ein zaghaftes Lächeln über.

»Davon hast du keinen Ton gesagt, als wir miteinander telefoniert, beziehungsweise geschrieben haben. Oh Sven! Ich …, ich weiß gar nicht, was ich sagen soll.« Entgeistert starrte ich ihn an.

»Da sind wir ja schon bei deinen Hausaufgaben. Wenn ich mich recht erinnere, dann lautete Frage acht: Magst du mich so, wie ich bin? Also? Wie lautet deine Antwort?«

»Oh Mann! Klar mag ich dich so, wie du bist! Aber ich mag es überhaupt nicht, dass du mich so hintergehst und dir heimlich die Haare abschneiden lässt.«

Ich sah ihn an, dann wieder in den Spiegel, fuhr mit den Fingern durch die kurzen Nackenhaare und wuschelte das Deckhaar, das zum Glück nicht millimeterkurz geschnitten war, durcheinander. Seine markanten Gesichtszüge kamen durch den neuen Haarschnitt viel stärker zum Vorschein.

»Liebste Julie, du hast mich anfangs belächelt wegen meiner Frisur. Und du solltest dich mit dem Gedanken anfreunden, dass ich das halte, was ich verspreche. Ich wollte es dir nur noch nicht in unserem Urlaub antun. Mich hat es ehrlich gesagt auch etwas Überwindung gekostet, mich von meiner Mähne zu trennen.«

»Du Blödmann, du! Du verrückter Kerl!«

»Du bist doch sowieso der Meinung, dass ich in meinem Alter nicht mehr so herumlaufen darf.«

»Aber das war doch, bevor wir uns nähergekommen sind.«

»Schönes Stichwort. Meinst du nicht auch, wir sollten uns jetzt unbedingt näherkommen.«

Mir war, als würde ich ihn zum ersten Mal sehen. Fasziniert sah ich zu, wie seine Hände über meine Schultern streichelten, sein Vollbart kitzelte an meinem Ohr und mein kurzhaariger Sven flüsterte: »Komm her, wir zeigen dem Spiegel, wie es aussieht, wenn wir nicht anständig sind.«

»Ehrlich gesagt, ist mir die Lust auf Liebesspielchen etwas vergangen«, entgegnete ich zögernd, schmiegte mich aber dennoch in seine Arme.

Sven sah mir in die Augen und küsste meine Ängste und meine Angespanntheit von vorhin einfach weg. Im Spiegel kreuzten sich unsere Blicke, Sven legte seine Hand auf diese gewisse Stelle in Herzensnähe und flüsterte mir ins Ohr, was ich tun, wie ich mich drehen und wenden sollte. Es kam mir vor, als ob er sich durch die neue Frisur nicht nur optisch verändert hatte, er zeigte sich fordernder, klarer und bestimmter als sonst.

Im sanften Dämmerlicht, das durch die Jalousien fiel, fühlte ich seinen männlichen Körper, der nur noch aus Lust und Leidenschaft zu bestehen schien. An den Hüften hielt er mich, leise sagte er in einer Sprache, die in keinster Weise zu geblümten Hemden passte, was er mit mir tat, wie er mich fühlte und wie ich mich anfühlte. Eindeutig, unverschnörkelt und direkt waren seine Worte.

Ich sprang sofort darauf an, mein Wortschatz aus der Zeit, als ich mir Männer im Netz gesucht hatte, war plötzlich wieder aktiv. Ebenso, erwachte diese andere Seite von mir auf einmal wieder zum Leben. Die Lust an dieser Spielart der Erotik, mit dem Mann, den ich von Herzen liebte, brachte uns einander noch näher. Als Tula hätte ich gesagt: Wir sind auf einem neuen Level angekommen.

***

Sven legte die Zukunftsliste auf den Tisch, ich holte meine Ausarbeitungen dazu und dann verglichen wir unsere Antworten. In vielen Punkten, vor allem bei der Kinderfrage, stimmten wir überein. Mein Gott, wie sehr hatte ich mir das erhofft. Sven strahlte mich glücklich an, als ich ihm bildhaft beschrieb, dass ich mir ein Leben ohne Kinder nur schwer vorstellen könnte. Er war der Meinung, dass wir damit dann nicht mehr lange warten sollten.

»Ob wir das bis zu meinem fünfzigsten Geburtstag wohl noch hinkriegen?«

»Nun mach mir mal keinen Stress. Vielleicht klappt es ja gar nicht. Aber deswegen sollten wir uns dann auch nicht verrückt machen.«

Über die Sache mit dem Mallorca-Urlaub, den er weiterhin mit seinen Skatfreunden verbringen wollte, diskutierten wir heftig. Einmal im Jahr machten die Männer eine Tour nach Mallorca, an den Ballermann. Ohne Frauen, versteht sich. Nur ausnahmsweise waren sie im letzten Jahr nach Norderney gefahren.

»Und wann fahren wir zusammen in Urlaub?« Je länger ich darüber nachdachte, desto mehr wurde mir bewusst, dass unsere Chancen für eine gemeinsame Reise nicht besonders gut standen. Immer wenn Ferien waren, griff bei uns die Urlaubssperre. Wir würden niemals zusammen wegfahren können! So stellte ich mir meine Zukunft nicht vor.

»Hast du eine Idee, was wir dagegen tun könnten?« Sven schüttelte ratlos den Kopf.

»Du bist lustig!«

»Nee, ich meine das ernst. Lass uns doch mal überlegen, welche Möglichkeiten es gibt.«

»Wenn alles so bleibt, wie es ist, haben wir überhaupt keine Chance«, maulte ich. »Ich liebe zwar meine neue Heimat, mein Norderney, aber ich möchte auch mal etwas anderes sehen. Für zwei Wochen in den Süden fliegen, das wäre schon toll. Oder zu Weihnachten auf die Kanaren, das stelle ich mir wunderbar vor.«

»Kannst du denn nicht wenigstens alle zwei Jahre über die Feiertage Urlaub bekommen?«

»Ich fürchte nein. Du kannst Trude ja mal fragen! Dich vergöttert sie und dir schlägt sie so schnell nichts ab. Was hast du eigentlich mit ihr angestellt, dass sie sofort glänzende Augen bekommt, wenn sie dich sieht?«

»Keine Ahnung! Sie kann mich eben gut leiden. Aber ob sie mich mit den kurzen Haaren immer noch mag?«

8. Kapitel

Die Zeugnisferien mit dem verlängerten Wochenende vergingen rasend schnell. Unsere Zeit füreinander kam mir wieder einmal viel zu kurz vor. Eine Antwort, wie unser gemeinsames Leben aussehen und vor allem, wo es stattfinden sollte, hatten wir leider noch nicht gefunden. Außerdem hatte Sven mir noch keinen richtigen Heiratsantrag gemacht, obwohl ich fest damit gerechnet hatte. Er hatte den Bogen raus, mich immer kurz anzufixen und mich denken zu lassen: jetzt ist es so weit, gleich geht er auf die Knie, schiebt sich eine rote Rose zwischen die Zähne und holt zwei goldene Ringe aus seiner Hemdtasche.

So sehr ich auch hoffte und Bestellungen ans Universum schickte, nix dergleichen geschah. Was ging bloß in dem Kopf meines Liebsten vor? In diesem schönen Kopf, der mich auch ohne lange Haare begeisterte. Wobei die schulterlangen Haare viel besser zu meiner romantischen Vorstellung von dem Helden meiner Träume passten. Oma Melli hätte sich jetzt an den Kopf getippt und gesagt: *Das sind doch alles Hirngespinste, mein Kind. Solche Männer, wie du dir vorstellst, die gibt es nicht.*

Ich war lange nicht mehr bei dem Liebesschloss meiner Oma gewesen und hatte große Lust dort mal wieder vorbeizuschauen. Trotz eisiger Kälte machte ich mich dick eingemummelt auf den Weg. Das Meeresrauschen, das ich so sehr liebte, war zu einem gefährlichen Tosen angeschwollen und die Nordsee wütete in schlammigem Braungrün, mit sprühender, milchkaffeefarbener Gischt. Ich stemmte mich gegen den Wind, die Kapuze bis auf die Nasenspitze herunter- und den Schal bis zur Nasenspitze hochgezogen und betrachtete die grauschwarzen Wolkenformationen, zwischen denen an einer einzigen Stelle spärliches Rosa und Orange zum Vorschein kam. Die Tage wurden spürbar länger und vor allem heller.

Die kleine Metalltreppe, an der das Liebesschloss hing, war vereist. Die Kälte drang durch meine lammfellgefütterten Stiefel und kroch mir beißend die Beine hinauf. Trotzdem verweilte ich ein paar Minuten, fuhr mit meinen Fingern zärtlich über das Schloss, auf dem der Schriftzug *Tom & Melli – für immer* durch die Eiskristalle kaum zu erkennen war. Meine Finger tauten es schnell weg, aber die Februarkälte kroch mir trotz dicker Verpackung unter die Haut.

Das Zwiegespräch mit meiner Oma stimmte mich etwas zuversichtlicher. *Lass ihm Zeit*, war ihre Antwort auf meine Fragen. Nun gut. Aber wie lange noch? Die heimelige Beleuchtung im Surfcafé und die Aussicht auf einen heißen Grog oder einen Sanddornpunsch lockte mich magisch an.

Nachdem meine Finger wieder aufgetaut waren, schrieb ich Gretje eine WhatsApp, weil ich schon länger nichts mehr von ihr gehört hatte und ein wenig beunruhigt war. Sonst meldete sie sich alle paar Tage oder schickte einen Klönschnack, eine Sprachnachricht. An einem meiner freien Tage wollte ich Gretje mal wieder besuchen.

Moin Gretje, wollte mal eben hören, wie es dir geht. Alles in Ordnung? Oder brauchst du wieder Fittamine? Ich könnte nächste Woche Mittwoch vorbeikommen. Grüß Piet von mir, LG Julie.

Da ich schon mal dabei war, whatsappte ich auch noch mit Hanne und Leon. Seit seinem Neujahrsgruß von Sylt hatte ich nichts mehr von ihm gehört. Es interessierte mich schon, ob aus seinem Techtelmechtel mit der älteren, reichen Lady mit Reetdachhaus an den Dünen mehr geworden war.

Meinen Schatz bedachte ich mit einem Selfie und einer kurzen Nachricht, obwohl wir jeden Abend miteinander telefonierten. Gut aufgewärmt packte ich mich wieder ein, als wollte ich eine Expedition ins Eis machen und marschierte zügigen Schrittes nach Hause.

***

Rein theoretisch hatte das Thema *Heiraten* wieder einen Platz in meinem Leben gefunden. Interessiert hörte ich daher Frau Maier zu, die während der Massage von ihrem Arbeitsalltag erzählte. Heute beschrieb sie mir, wie eine Trauung im Standesamt vollzogen wurde, in ihrer Dienststube sozusagen. Es war offensichtlich, dass sie ihren Job liebte.

»Also, schauen Sie doch einfach mal bei mir rein. Am besten mittwochs, dann haben wir in der Regel keine

Termine. Vielleicht kommen Sie doch noch auf den Geschmack.«

»Schau'n wir mal. Ohne Partner kann man ja schlecht heiraten.«

»Haben Sie den nicht schon längst gefunden? Also, worauf warten Sie noch?« Ermutigend blinzelte sie aus ihren Laken zu mir hoch.

»Na ja, es ist so«, begann ich zögerlich, aber dann ging mir das, was mich bewegte, plötzlich ganz leicht von den Lippen. »Es ist schon richtig, Sven und ich, wir sind ein Paar. Aber die Sache ist die: Er hat noch nicht um meine Hand angehalten. Stattdessen hat er mir eine Liste mit Fragen geschickt, worüber ich mir Gedanken machen sollte, für unsere Zukunftsplanung.«

»Sieh mal einer an! Das hätte ich dem Herrn Dr. Arends nun wirklich nicht zugetraut. Das ist ja eine völlig neue Seite an ihm. Und? Sind es schwierige Fragen?« Sie horchte auf, vielleicht würde sie den Heiratswilligen künftig einen ähnlichen Fragenkatalog zuschicken. Bestimmt machte sie sich nachher eine Aktennotiz dazu.

»In den meisten Punkten stimmen wir überein. Wir haben bei unserem letzten Treffen über alles gesprochen, dabei ist nichts ungeklärt geblieben. Trotzdem ist mein lieber Herr Arends gestern Nachmittag wieder abgereist, ohne auch nur einen Ton zu sagen.«

»Tja, versteh eine die Männer! Was glauben Sie, was ich schon alles erleben durfte, seitdem ich als Standesbeamtin meinen Dienst tue. Geschichten gibt's, da könnte ich ganze Romane darüber schreiben.«

»Dann können Sie mir bestimmt sagen, ob man direkt am Strand heiraten kann? Vor Kurzem träumte ich von einer voll romantischen Strandhochzeit und der Traum schwirrt mir immer noch im Kopf herum.«

»Na dann erzählen Sie mal, was Sie geträumt haben.«

Ich machte es kurz, wir hatten nur noch ein paar Minuten Zeit.

»Es war ein ganz klarer Tag in meinem Traum. Mit Sonne, blauem Himmel und ohne ein Wölkchen. Am Nordstrand standen auf dem Sand Tische und Bänke, wie Bierzeltgarnituren. Mit strahlend weißen Hussen waren die bezogen und an den Seiten hingen Muscheln und Blumendeko. Weiße, an Stöcken befestigte Bänder flatterten im Wind. Zwei Reihen mit Tischen und Bänken standen nebeneinander und fünf oder sechs Reihen hintereinander. Und vorne vor, zum Meer hin, war ein einzelner Tisch aufgebaut, mit einem Stuhl dahinter und vier Stühlen davor. Dort saß das Brautpaar, die Gesichter waren nicht zu sehen, aber ich glaube, das waren Sven und ich. Der Mann trug einen Dutt, so wie Sven und die Braut hatte sich sanddornfarbene Blüten ins Haar gesteckt.«

Mein Kurzzeitwecker piepste und mit einem abgrundtiefen Seufzer kehrte ich in die Wirklichkeit zurück. »Sven war übrigens beim Friseur, seine Haare sind jetzt kurz. Aber als ich das geträumt habe, da wusste ich das noch nicht. Der verrückte Kerl!«

»Wirklich ein schönes Bild. Leider war es nur ein Traum und das wird es auch bleiben. Wer sollte das denn alles vorbereiten? Und was ist, wenn das Wetter umschlägt? Dann wird die Hochzeit im wahrsten Sinne des Wortes vom Winde verweht. Nein, nein, so einen Firlefanz gibt's hier nicht. Wir sind ganz bodenständig.

Es gab auch schon mal Anfragen, ob man nicht ausnahmsweise auf dem Leuchtturm heiraten könnte.«

»Und, kann man? Das stelle ich mir auch ziemlich romantisch vor.«

»Um Himmels willen, nein! Die ganzen Stufen da hoch und dann, nein nein. Und da muss man ja auch erst einmal hinkommen.«

Frau Maier rekelte sich, zog die Schulterblätter hoch und meinte abschließend, dass vier Möglichkeiten zu heiraten ausreichen müssten. Für einen Heiratsantrag hingegen seien der Fantasie keine Grenzen gesetzt.

»Ich weiß, aber es war so schön. Als ich aufwachte, fühlte ich mich wie neugeboren und richtig glücklich.« Das schöne Gefühl wirkte immer noch nach. »Hoffentlich fragt er mich bald. Ich halte das nicht mehr lange aus und dann könnte es passieren, dass ich ihm einen Antrag mache.«

»Um Himmels willen! Machen Sie das bloß nicht! Es ist ja bald Valentinstag. Wer weiß?«

»Valentinstag! Haha!« Damit konnte ich nicht viel anfangen. »Der ist mitten in der Woche, keine Chance.« In unserem Küchenkalender hatte ich hinter den 14. Februar ein kleines Herzchen gemalt, nur so. An dem Wochenende danach konnte Sven erst wieder rüberkommen.

9. Kapitel

Am Valentinstag schickte Sven schon früh am Morgen verliebte Grüße. Er bedauerte, wie schrecklich, furchtbar und gemein er es fand, dass sein Chef den Stundenplan nicht ein kleines bisschen verändern wollte, damit wir uns sehen könnten.

Ich hatte die Hoffnung nicht aufgegeben und konnte mittags schon Feierabend machen. Sven gab mir den Tipp, nachdem ich ihm die Ohren vollgejammert hatte, dass ich die Gelegenheit beim Schopfe packen und zu Gretje fahren sollte. Gute Idee, das hatte ich sowieso schon vorgehabt!

Ich sag Piet, dat er dich vom Bahnhof mit dem Auto abholen soll, schrieb sie mir mit *WartsAb*. Wenn ich die App benutzte, musste ich jedesmal schmunzeln. Piet war eine Seele von Mensch und ein altes Schlitzohr, der seinen Schabernack mit Gretje trieb. Er brachte ihr mit Absicht leicht einzuprägende Bezeichnungen bei, die nicht ganz korrekt waren. Es war zu süß und ich musste aufpassen, dass ich nicht eines Tages laut herausplatzte, wenn Piets Musterschülerin wieder einen neuen Begriff von ihm zum Besten gab.

»Gretje hat uns eine Friesentorte gebacken«, verriet Piet, als wir die Landstraße vom Bahnhof Augustfehn Richtung Rhauderfehn entlangfuhren.

»Das ist ja lieb von ihr! Friesentorte ist die mit dem Pflaumenmus, oder war das die mit den Rosinen, von der man nach einem Stück schon einen Schwips hat?«

»Jau! Dat andere is ja die Ostfriesentorte.« Piet blickte stur auf die Straße. Ich wurde trotzdem das Gefühl nicht los, dass er sich köstlich amüsierte. Der führte garantiert wieder was im Schilde!

»Dat ist ja man 'ne Freude, dat du mal wieder nach der ollen Gretje guckst.« Die Hände in die Hüften gestemmt und mit rosigen, runzeligen Wangen stand die kleine Person vor mir und strahlte mich an. »Denn komm man rin in die gute Stube.«

»Hm, das riecht hier aber wieder lecker nach Kuchen. Hast du etwa extra für mich gebacken?« Ich tat so, als ob ich von dem Kuchen nichts wusste.

»Nu bild dir mal nix ein. Dat ist für Piet, is ja nu Valentinstag heute. Und Piet is mein Valentin.« Piet legte seinen Arm um die alte Ostfriesin und drückte ihr einen dicken Schmatzer auf die Wange.

»Nee, nicht?«

Wie blöd stand ich herum und musste mit ansehen, wie die zwei miteinander turtelten. Was war denn da passiert? Sollten die beiden alten Leutchen etwa …? Nein, das wollte ich mir lieber nicht ausmalen. Gretje unterbrach mich unsanft.

»Nu guck doch nicht so bedeppert. Wat denkste denn, wat dat mit uns is? Gib mir mal lieber die Fittamine, bevor du die Buddel noch auf den Boden fallen lässt.« Schon nahm sie mir den Sanddornlikör aus der Hand. Dabei stellte sie klar, dass sie den Likör rein präventiv einnehmen würde. Damit wollte sie Erkältungen und anderen Übeln vorbeugen.

»Ähm, ja. Hier bitte.«

»Und nu setz dich hin.« Sie zeigte auf das verschlissene, aber bequeme alte Sofa. Auf dem Tisch stand wieder ihr bestes Geschirr, das mit dem Rosenmuster. Friesenrose, so hieß es, wenn ich es recht erinnerte. Beim Anblick des zarten Porzellans kam mir meine Oma in den Sinn. Das gleiche Service hatte sie auch besessen. Bei meinem Weihnachtsbesuch sah ich es bei meinem großen Bruder im Schrank wieder. Stillschweigend hatte ich meinen Ärger runtergeschluckt, sollte er doch damit glücklich werden. Das, was Oma Melli mir vermacht hatte, war von viel größerem Wert für mich.

***

Nachdem der Käpt'n der Frisia V. seine Durchsage gemacht hatte, erklang eine Stimme aus dem Lautsprecher, die sich anhörte wie die von meinem Sven.

»Julie-Marie Sommer wird gebeten, sich umgehend aufs Oberdeck zu begeben und sich auf die reservierte Bank zu setzen.«

Hä? Halluzinierte ich bereits, weil ich Sven so sehr vermisste? Das Schiffssignal ertönte und die Durchsage erklang ein zweites Mal. Ich hatte mich also nicht verhört. Oben angelangt, entdeckte ich sofort die Sitzreihe mit dem *Reserviert*-Schild, auf dem geschrieben stand: Reserviert für Prinzessin Julie-Marie Sommer.

Misstrauisch beäugte ich den Sitz, dann schaute ich mich argwöhnisch um. Irgendwas stimmte hier nicht. Vorhin war es auch schon so merkwürdig gewesen, als Piet wirres Zeug redete und Gretje ständig von dem *heißen Eisen* anfing zu schwafeln. Das konnte natürlich auch am Sanddornlikör liegen.

Immer mehr Passagiere strömten nach oben, obwohl immer noch klirrender Frost herrschte und man es drinnen bei einem heißen Getränk viel besser aushalten konnte.

Ein Lammfell auf der Bank und eine Decke mit einer heißen Wärmflasche darunter luden dazu ein, es mir gemütlich zu machen. Als ich die Decke aufschlug, lag da eine Thermoskanne und ein Sanddornhappen. Da konnte nur mein *Chatzchen, mein* Sven dahinterstecken!

Die Schaulustigen traten zur Seite und dann sah ich meinen Prinz G.. Dick eingemummelt, die Mütze tief in die Stirn gezogen, die Augen hinter einer Sonnenbrille verborgen und mit dickem Schal um den Hals kam er auf mich zu. Er hielt etwas in seinen Händen.

»Sven!« Wieso war er auf der Fähre? Flugs warf ich die Decke beiseite, sprang auf und wollte ihm um den Hals fallen. Sven gab mir ein Zeichen, sitzen zu bleiben, einige Zuschauer applaudierten.

»Julie!« Er nahm die Sonnenbrille von der Nase und schon zogen mich seine meerblauen Augen in ihren Bann. In ihnen konnte ich so viel Liebe, aber auch eine Spur Unsicherheit erkennen.

»Ich weiß, ich mache mich hier zum Affen. Aber ich

kann nicht anders, ich muss es tun und ich will es tun. Hör mir zu und sag nichts, bevor ich dich nicht darum bitte.«

»Wie? Was wird das denn jetzt?« Mein Herz pochte bis zum Hals, die Seepferdchen in meinem Bauch tanzten und die Kälte war wie weggeblasen. »Und warum soll ich nichts sagen?«

»Tu es einfach. Mach nur *einmal* das, was ich sage!«

»Okay.«

Ich kuschelte mich in die Decke und schaute zu ihm auf. Sven langte darunter, streichelte mir übers Bein und holte ein Kissen hervor. Umständlich legte er es auf die eisigen Metallplanken und kniete vor mir nieder.

»Sven, lass das! Steh auf! Bitte!« War das peinlich, aber auch rührend. Meine Seele flatterte.

Sven blieb unbeirrt auf den Knien, zog seine Handschuhe aus und entfaltete ein Stück Papier, das er in Händen hielt.

»Liebste Julie, ich habe etwas gedichtet, und ich nehme jetzt meinen ganzen Mut zusammen, um dir das vorzutragen.«

Wie gewünscht, sagte ich nichts. Nur der Motor tuckerte monoton vor sich hin, das Geschrei der Möwen war weit weg und das Wogen der Nordsee klang wie eine liebliche Melodie.

Sven räusperte sich, fuhr sich mit der Hand durch den Bart und dann las er es vor:

Ich habe geglaubt, es gibt für mich keine Liebe mehr,
doch dann kamst du, liebste Julie, als Frau Tula daher.
Du fesseltest mich, nicht nur mit deinem Blick.
Kurze Zeit später, lachte ich schon über deinen Listentick.

Ich habe geglaubt, es passiert mir nicht noch einmal.
Die letzten fünf Jahre waren für mich eine einzige Qual.
Die eine große Liebe, ich durfte sie schon erleben,
doch bei deinem Sanddornkuss, fing mein Herz wieder an
zu beben.

Ich habe geglaubt, die Liebe ist mit Charlotte gegangen,
und musste lernen, wieder von vorn anzufangen.
Um mein Herz habe ich riesige Mauern gezogen,
und mich zum ewig strahlenden Supermann verbogen.

Ich habe geglaubt, alleine werde ich alt und grau.
Doch kaum kannte ich dich, war mir klar, ich will dich zur Frau.
Zusammen haben wir geweint, dabei ist dein Herz aufgetaut.
Bitte sag JA, meine liebste Julie und werde meine Braut.

Tränen schimmerten in unseren Augen, unsere Blicke verschwammen, niemand sagte etwas.

Sven legte das Gedicht beiseite, küsste meine Hände und dann sagte er die drei magischen Worte, die mir noch fehlten.

»Ich liebe dich und ich möchte dich heiraten. Julie, willst du meine Frau werden?«

Alle Blicke ruhten auf mir, sogar die der Möwen. Heiße Tränen liefen über eisige Wangen, ich drückte Svens Hand ganz fest.

»Ja!«, flüsterte ich. »Ich will deine Frau werden.« Und dann rief laut und deutlich für alle: »JA! JA! JA!«

Und nur für ihn hörbar sagte ich das, was ich schon längst sagen wollte: »Sven, ich liebe dich. Du bist mein Herz und mein Anker.«

Obwohl ich die Worte nur gehaucht hatte, brandete jetzt ein Applaus auf, wie nach einer Opernpremiere. Das Klatschen rauschte noch in meinen Ohren, als ich in Svens Armen lag und seine Lippen auf den meinen spürte.

Das grüne Dach der Marienhöhe kam in Sicht, nun dauerte es nicht mehr lange, bis wir anlegten. Eng aneinandergeschmiegt kuschelten wir zusammen unter der Decke. Sven nestelte an dem Verschluss einer Dose Prosecco herum, steckte zwei Trinkhalme hinein und holte ein kleines Kästchen hervor.

»Du hast ja ganz eisige Finger!«

Sven wärmte meine Hände und schob unauffällig einen schmalen Ring auf meinen Finger. Er passte und war wunderschön! Dann reichte er mir das Schmuckkästchen und ich steckte ihm den anderen Ring an. Ein Sonnenstrahl fiel durch die Wolken und ließ das Gold auffunkeln.

Die Durchsage des Kapitäns holte uns wieder in die Wirklichkeit zurück. Er gratulierte per Lautsprecher, spielte einen Tusch und dann mahnte er alle, sich umgehend zum Ausgang zu begeben. Wir lagen bereits seit ein paar Minuten im Hafenbecken von Norderney.

Schnurstracks steuerten wir auf die bereitstehenden Busse am Anleger zu, als ich auf der einen Seite eine Pferdekutsche erspähte. Trude und Hinnerk, aber auch Hanne und Ida umringten das Gespann und klatschten begeistert in die Hände, als sie uns Hand in Hand kommen sahen.

»Wer hat sich das denn ausgedacht? Das ist ja eine

schöne Überraschung.« Sven tätschelte das Pferd und schaute von einem zum anderen. Eine Antwort auf seine Frage bekam er nicht. Doch das war auch egal, er hatte ja schon die Antwort bekommen, die er hören wollte.

»Und …? Hat sie Ja gesagt?«, rief Ida, hüpfte von einem Bein aufs andere und strahlte Sven an.

»Natürlich! Was sollte Julie denn sonst sagen? Einen Besseren als mich gibt es weit und breit nicht.« Sven zog mich zu sich heran. »Nicht wahr, mein Mädchen?«

»He, he!«, kam es aus Hinnerks Richtung. Das war sonst sein Spruch.

Trude stellte Becher auf den Kutschbock und spendierte eine Runde Sanddornpunsch. Sie klopften Sven auf die Schulter, als hätte er eine Heldentat vollbracht oder als wäre er Olympiasieger geworden und beglückwünschten ihn zu seinem Mut.

Mir gratulierten sie zu meinem Verlobten, zu der *fetten Beute, die mir ins Netz gegangen war.* Sie taten so, als wäre ich gerade zur Inselkönigin gekrönt worden. Trude sagte wirklich *fette Beute* zu Sven, der kein Gramm zu viel auf den Rippen hatte. Innerlich grinste ich, als ich an jenen Moment im Frühsommer zurückdachte, an dem ich im Netz nach einem Mann für gewisse Stunden suchte. Das Profil dieses langhaarigen Typen betrachtete ich interessiert, versah es mit einem Sternchen und raunte meiner Spinne vor dem Fenster zu: *Ob mir mit dem Typen eine fette Beute ins Netz gegangen ist?* Wenn die wüsste …!‹

Nach den Glückwünschen verabschiedeten wir uns von der kleinen Gruppe, kuschelten uns in die warmen Decken, die bereitlagen und fuhren mit Glücksgefühlen und Pferdegetrappel nach Hause.

»Weißt du was Sven?«

»Was denn?«

»Ich fühle mich wie eine Prinzessin. Ist das alles vielleicht nur ein Traum?«

»Aus dem Prinzessinnenalter bist du ja wohl langsam heraus. Du bist meine Königin, meine liebste Julie.«

»Sehr wohl, Eure Hoheit.«

Den ganzen Abend und die halbe Nacht feierten wir unsere Verlobung. Wie Sven den Deal mit seinem Schulleiter hinbekommen hatte, blieb mir ein Rätsel. Er musste ihn bestochen haben, jedenfalls konnte er bis Sonntag bei mir bleiben und das war ja die Hauptsache.

Klar war, dass wir in diesem Jahr auf Norderney heiraten wollten. Es gab noch viel zu besprechen, tausend Kleinigkeiten schossen mir durch den Kopf. Die Hochzeitsvorbereitungen vom letzten Mal waren mir noch gut in Erinnerung geblieben. Die Organisation für diese Feier durfte gern jemand anderes übernehmen.

»Was meinst du Julie, wen wir alles einladen sollten?«

»Lass uns morgen darüber nachdenken. Ich will eigentlich kein großes Fest mit vielen Gästen.«

»Eine kleine, feine Hochzeit also?«

»Ja. Richtig schön!«

Wir träumten, sponnen herum, verwarfen die Hirngespinste und machten uns dann ernsthaft Gedanken, wen wir zum kleinsten Kreis zählten. Oder vielleicht doch in großer Runde? Die wichtigste Frage aber war, in welchem Monat wir heiraten wollten. Sven plädierte für Mai. All unsere Fragen ließen sich nicht an einem Abend klären, in dieser Nacht sowieso nicht mehr. Wir waren viel zu aufgedreht, sahen uns immer wieder an, konnten die Finger nicht voneinander lassen und sprachen uns in dieser Nacht nur noch mit *mein König* und *meine Königin* an.

Beim Frühstück legte ich Stift und Papier zurecht und schrieb in dicken Lettern das Wort *Hochzeits-To-do* auf die erste Seite. Weiter kam ich nicht, denn wir machten da weiter, wo wir am Abend aufgehört hatten und alberten herum. Diesen Moment quirligen Glücksgefühls hielt ich mit einem Selfie von uns fest und schickte es Gretje mit den Worten: *Mein Valentin und ich!*

Geht doch! Na, meinen Segen habt ihr. Dein heißes Eisen hat mir ja schon vertellt, wat er vorhat.

Mit etlichen angefügten Smileys mit Heiligenschein, bekräftigte sie das.

Ich las den Satz zweimal. Wer wusste denn noch alles davon, dass Sven mir gestern einen Antrag machen wollte?

»Also Sven, willst du mir etwa weismachen, dass du bei Gretje um meine Hand angehalten hast? Du Schlitzohr!«

»Nee!«, grinste er in seinen Bart. »So war das nicht. Wieso sollte ich denn ausgerechnet Gretje um Erlaubnis fragen? Ich musste mit ihr nur die Zeiten absprechen. Wegen der Fähre, damit ich alles vorbereiten konnte. Bei der Gelegenheit hat mich die liebe Gretje ein bisschen ausgefragt.«

»Das sieht ihr ähnlich!«

»Und zum Schluss, das stell dir mal vor, hat sie glatt gesagt: *»Aber keine Fesselspielchen mehr, damit dat mal klar ist.«*

»Ach? Und?«

»Was und?«

»Ich habe ihr, mit hinter dem Rücken gekreuzten Fingern,

natürlich versichert, dass sie sich in dieser Hinsicht keine Sorgen machen muss.« In Svens Augen blitzte es verdächtig.

»Du meinst, wir sollten …«

»Also, ich finde, wir sollten zu Ende bringen, womit wir damals angefangen haben.«

»Sven! Das ist nicht ein Ernst!«, rief ich mit gespielter Empörung. Er wandte seinen Blick nicht von mir ab und ließ keinen Zweifel daran, dass er es genau so meinte, wie er es gesagt hatte.

»Zeig mir bei passender Gelegenheit den Inhalt deines Köfferchens und dann lass uns doch mal ausprobieren, was wir damit anstellen können.«

»Wie bitte? Was hast du gerade gesagt?« Ungläubig starrte ich ihn an. »Hilfe! Was für einem Mann habe ich mein Jawort gegeben! Da tun sich ja Abgründe auf! Also, ich weiß nicht, ob ich dich unter diesen Umständen immer noch heiraten will!«, alberte ich herum.

»Das willst du! Wetten?«

»Du bist dir deiner Sache ja sehr sicher!« Ich schnappte mir Mütze und Schal, tippte auf meine Armbanduhr und hastete zur Tür. »Ich muss mich beeilen, wenn ich pünktlich in meinem Thalassotempel sein will. Über den Koffer reden wir später!«

Trude und Hinnerk wichen mir nicht von der Seite, sobald ich mich einen Moment in der Kaffeeküche oder im Wäscheraum aufhielt.

»Nun erzähl schon, wann ist es denn soweit?« Trude faltete wieder einmal Handtücher. Es war wirklich wie verhext. Immer wenn sie Handtücher faltete, stellte sie mir so komische Fragen.

»Ach Trude, wenn wir das man schon wüssten«, seufzte ich. »Sven würde mich am liebsten auf der Stelle heiraten, er ist für Mai. Er meint, weil wir uns vor einem Jahr im Mai das erste Mal begegnet sind.«

»Ach ja? Ich dachte, also nee …, das kann nicht sein. Das war doch später, im Juli, als er in den Sommerferien hier war.«

»Ähm, ja. Das habe ich ihm auch gesagt«, stotterte ich. Trude ahnte ja nichts von dem, was vorher gewesen war. Sie hielt inne in ihrer Tätigkeit und schaute mich durchdringend an.

»Und was ist dein Wunschmonat?«

»Im Juli, an seinem Geburtstag. Dann vergisst er den Hochzeitstag wenigstens nie.«

»Fragt vorher erst einmal im Standesamt nach, wann noch Termine frei sind. Du glaubst ja gar nicht, was die in den Sommermonaten zu tun haben.«

»Das habe ich Sven auch vorgeschlagen. Danach entscheiden wir das Datum.« Mein nächster Kunde war noch nicht aufgetaucht, er hatte sich anscheinend verspätet und Trude holte zur nächsten Frage aus.

»Und wo wollt ihr heiraten? Doch bestimmt nicht im Rathaus, im Trauzimmer?«

Hinnerk stürmte mit einer Tasse Tee herein und ergänzte Trudes Mutmaßungen. »Also, ich tippe auf den Badekarren! Wollen wir wetten?« Er hielt Trude die Hand hin, sie sollte einschlagen.

»Da brauchen wir nicht drum wetten. Ich bin sicher, dass Julie sich für die Strandhochzeit entscheidet. Außerdem war die Trauung von Sven und Charlotte in der Hochtiedsstuv. Ein zweites Mal wird er das garantiert nicht wollen.«

»Stimmt auch wieder. Und da unsere Julie dat ja man so dolle mit der Romantik hat, da kommt nur der Hochzeitsbadekarren in Frage.«

»Na prima«, meldete ich mich zu Wort. »Dann hätten wir das ja schon mal geklärt. Würdet ihr mir dann freundlicherweise noch verraten, an welchem Tag die Trauung stattfindet und wer eingeladen wird?«

Die beiden unterhielten sich über meinen Kopf hinweg weiter und planten munter drauflos. Ich nahm noch einen Kaffee, schaute gelangweilt auf die Uhr, machte mir innere Notizen und wartete das Ergebnis ab. Vielleicht könnte ich das Gehörte eins zu eins in meine Hochzeitsliste übertragen.

»Gemeinsam planen macht doch auch viel mehr Spaß. Außerdem haben wir das noch nie erlebt, dass jemand aus unserm Team einen Kunden heiratet. Vor ein paar Monaten hat sie noch laut getönt, dass sie sich niemals wieder verlieben will. Ha ha!«

»Ihr seid ja echt süß! In vier Wochen feiere ich erst noch Geburtstag.« Fragend sahen mich die beiden an. »Allerdings nicht groß«, fügte ich hinzu.

»Klar, wir kommen gerne«, versicherte Hinnerk. Er hatte mich missverstanden und ich war wohl mal wieder zu lieb und brachte es nicht übers Herz, ihn auszuladen. *Wieder eine gute Tat*, hätte meine Oma gesagt.

»Hmm.« Ich schaute von einem zum anderen.

»Ist noch was? Wann, wo und wie du deinen Geburtstag feiern willst, da sagst du uns noch rechtzeitig Bescheid, ja?«

»Na klar. Aber das meine ich nicht. Also, ich habe eine riesengroße Bitte an euch. Ich möchte nicht, dass die ganze Insel erfährt, dass Sven und ich uns verlobt haben. Bitte seid so gut und erzählt es niemandem weiter. Ja?«

»Wieso das denn? Dat versteh ich jetzt nicht. Aber wenn du meinst.« Trude prüfte mit einem letzten Blick, ob alle Handtücher ordentlich Kante auf Kante im Regal lagen. Dann antwortete sie für Hinnerk gleich mit und versprach, dass sie so stumm wäre, wie das Frottee im Regal. Und Hinnerk auch. Mir fiel ein Stein vom Herzen.

10. Kapitel

»Trude und Hinnerk haben sich zu meinem Geburtstag selbst eingeladen. Was sagst du dazu?« Ich erzählte Sven wie es dazu gekommen war, und bedauerte mit beleidigter Miene, dass er nicht mitfeiern konnte. Ausgerechnet dann musste er Skilaufen.

»Ich wäre ja auch lieber bei dir. Glaubst du denn, ich reiße mich darum, mit meiner Klasse die Skipisten runterzubrettern?«

»Ich kann mir das ganz gut vorstellen, dass du als Erster *hier* rufst, wenn es darum geht, wer fahren darf.«

»Da bringst du aber gehörig was durcheinander, meine Liebe. Lina und ich, wir sind die einzigen qualifizierten Skilehrer an unserer Schule. Lina fährt als zweite Lehrkraft mit, damit wir alles unter Kontrolle haben. Also, mit aussuchen ist da gar nichts.«

»Okay, du kannst nicht anders, du musst Ski fahren.« Ich gab mich geschlagen. Sven holte sein Handy raus und zeigte mir auf der Karte das Skigebiet, das Stubaital in Österreich.

»Und wie ist diese Lina so? Du hast doch bestimmt ein Foto von ihr?«

»Hier, sieh mal. Die Kleine da vorne, mit den dunklen

kurzen Haaren, das ist sie. Wir sind inzwischen ein gut eingespieltes Team. Und zu deiner Beruhigung, Lina ist verheiratet und wirklich nur eine tolle Kollegin und ein super Kumpel.« Sven betrachtete mich ziemlich ernst und fragte dann: »Du bist doch nicht etwa eifersüchtig? Oder vertraust du mir nicht?«

»Quatsch! Ich war noch nie eifersüchtig. Ich habe nur manchmal Angst, dass das mit uns alles nur ein Traum ist, der wie eine Seifenblase zerplatzen könnte. Und wenn du nun auch noch sagst, dass ich zu lieb bin und …«

»Hey, meine Süße, nicht weinen und nicht traurig sein. Du bist liebenswert, aber nicht zu lieb. Nein wirklich nicht, du kannst ja sogar eine richtige Zicke sein. Und wenn ich an unsere erste Nacht denke, dann wird mir immer noch ganz anders.«

Sven fuhr sich durch die Haare, in denen schon etwas Grau durchschimmerte. Seine Kurzhaarfrisur gefiel mir immer besser. Er hatte eine gewisse Ähnlichkeit mit einem Model aus Katalogen exklusiver Herrenausstatter. Sein Kleidungsstil passte perfekt in dieses Bild.

»Ich weine ja gar nicht. Und eine Zicke bin ich erst recht nicht. Es sei denn, man ärgert mich, oder man will mich verarschen. Sag mal, was meintest du denn damit, dass dir immer noch ganz anders wird?«

»Das erzähle ich dir später, im Bett. Und um noch einmal auf deinen Geburtstag zurückzukommen, wenn du Gretje und Piet einladen willst, kannst du ihnen gerne unser Sofa als Gästebett anbieten.«

Meinte er das wirklich ernst? »Sven! Ich kann die beiden alten Leutchen doch nicht zusammen auf einem Sofa schlafen lassen!«

»Stimmt auch wieder! Dann nimmst du besser das Sofa und die beiden schlafen in unserem Bett. Das ist auch viel bequemer für sie.« Um Svens Augen zuckte es verdächtig. Ich sah ihn nur an, musste kichern und lachte, bis mir Tränen aus den Augen liefen. Kurzentschlossen bugsierte Sven mich ins Schlafzimmer und beendete auf seine Art meinen Lachanfall.

»Komm, leg dich auf mich. Ich will dich fühlen. Ganz nah«, sagte er leise und küsste mir meine Tränen von den Wangen. In seinen Armen vergaß ich alles und gab mich ihm allen Sinnen, mit meinem Herzen, meinem Körper und meiner ganzen Liebe hin. Später, als wir entspannt beieinander lagen, gestand er mir, wie heiß ihn mein Auftritt als Frau Tula damals gemacht hatte.

»Es fing so unglaublich stark an. Eine Frau wie dich habe ich noch nie erlebt und ich stelle mir oft vor, wie es hätte weitergehen können, wenn du …«

»Psst. Sag nichts. Ich kann das nun mal nicht mehr rückgängig machen.« Zärtlich wuschelte ich mit der Hand durch sein Haar, das in alle Richtungen abstand.

»Wenn du das wirklich willst, zeige ich dir morgen den Inhalt meines Köfferchens«, flüsterte ich an seinem Ohr.

»Versprochen!«

Das Highlight des Tages, das ich meinem Schatz versprochen hatte, musste allerdings bis abends warten. Zunächst war meine Hochzeitsliste an der Reihe und mein Versuch, Sven von seinem Wunschtermin im Mai abzubringen. All meine Argumente für einen späteren Zeitpunkt prallten jedoch an ihm ab, widerstrebend akzeptierte er schließlich den Juli als zweite Wahl.

»Wir sollten erstmal nachfragen, wann überhaupt noch etwas frei ist. Trude sagt, dass die Trauungen in den Sommermonaten im Halbstundentakt erfolgten.«

»Ach, das klappt schon. Da bin ich mir ganz sicher.« Wieso mein Schatz sich da so sicher war, war mir schleierhaft.

Der Samstag war unser letzter gemeinsamer Tag, bevor Sven wieder nach Hause musste. Wir würden uns also frühestens nach meinem Geburtstag wiedersehen. Mir graute schon jetzt vor der Zeit ohne ihn. Wie sollte ich das bloß aushalten?

Am Nachmittag gingen wir ein Stückchen am Wasser entlang, stiegen auf die Aussichtsdüne *Georgshöhe* und schwelgten in romantischen Erinnerungen. Wir liefen weiter, bis zu dem Treppenaufgang, an dem das Liebes-schloss meiner Oma Melli hing und stärkten uns im Surfcafé mit Kaffee und Kuchen.

»Hättest du mir vor einem Jahr erzählt, dass ich jemals wieder übers Heiraten nachdenke, ich hätte mir nur an den Kopf getippt und dich für verrückt erklärt.«

»Das tust du doch auch so. Und was soll das heißen, dass du darüber nachdenkst. Du hast schon Ja gesagt!«, tat Sven entrüstet und wartete auf meine Antwort.

»Also mein Lieber, ich glaube, ich sollte mir das noch einmal in Ruhe durch den Kopf gehen lassen. Schließ-lich hatte ich keine Ahnung, dass sich bei dir noch der-artige Abgründe auftun. Ich war davon ausgegangen, du willst mich, aber anscheinend bist du mehr an Frau Tula interessiert.« Herausfordernd grinste ich ihn an.

»Du kennst mich eben noch nicht gut genug.«

»Wie denn auch? Wenn wir uns so selten sehen.«

»Stimmt. Langfristig müssen wir daran was ändern. Spätestens, wenn mal Kinder da sind.«

»Ach Sven!«, seufzte ich und kuschelte mich an ihn. »Dann lass uns doch gleich damit anfangen.«

»Also Julie! Wir müssen wirklich nichts überstürzen. Lass uns einen Schritt nach dem anderen machen.«

Auf unserm Rückweg machten wir einen Abstecher bei Ida im Sanddornlädchen. Wir erfuhren den neuesten Tratsch und kauften einen größeren Vorrat an Sanddornhappen. Außerdem lud ich sie bei der Gelegenheit zu meinem Geburtstag ein.

»Wer kommt denn noch alles und wie alt wirst du überhaupt?«

»Es ist nur eine kleine Feier. Und mein Sven kann leider nicht dabei sein.«

»Ach wie blöd. Bist du wieder zum Skilaufen in den Bergen, auf Klassenfahrt?«, fragte Ida.

»Du hast es erraten! Wie immer um diese Zeit«, stimmte er ihr zu.

»Hanne Neumann ist dabei, sie macht zu dem Zeitpunkt Urlaub auf der Insel. Dann haben sich noch meine Chefin und Hinnerk mehr oder weniger selbst eingeladen und ich überlege noch, ob ich Gretje aus Ostfriesland einladen soll. Ich bin der Meinung, sie muss mal raus aus ihrem Kaff. Sie hatte mir letztens erzählt, dass sie früher eine Freundin auf Norderney hatte.«

»Gretje möchte ich zu gern persönlich kennenlernen, nach allem, was du bisher von ihr erzählt hast.«

»Ich weiß nur noch nicht, was ich mit ihrem Bekannten, mit Piet machen soll. Gretje könnte ja bei uns übernachten. Aber mit Piet zusammen geht das nicht.«

»Frag Gretje doch erst einmal, ob sie überhaupt Lust hat, mit dir Geburtstag zu feiern? Und dann können wir den beiden ein nettes Zimmer in einer Pension reservieren. Du hast mir jetzt aber immer noch nicht erzählt, wie alt du wirst.«

»Ziemlich alt! Fünfunddreißig!«

»Oh! So alt schon?« Ida sah mich mitleidig an. »Ich dachte, du wirst dreißig.«

»Glaubst du denn, dann würde ich mich auf so einen alten Kerl einlassen?«

»He, he! Nun mal nicht frech werden. Was soll das denn heißen, alter Kerl?«

Ida griff in das Glas mit den sündhaft leckeren Sanddornhappen und schmunzelte in sich hinein.

»Und wann sehen wir uns wieder, Svenny?«, fragte sie mit einem Zwinkern.

»Einen Tag nach Julies Geburtstag. Vorher schaffe ich es nicht. Du weißt ja, Skifreizeit!«

»Bist du eigentlich nicht langsam zu alt dafür? Du gehst schließlich hart auf die fünfzig zu. Einen knackigen Skilehrer stelle ich mir irgendwie jünger vor.« Ida zwinkerte mir zu, sie konnte es manchmal einfach nicht lassen, ihn ein wenig zu ärgern.

»Boah! Fang du jetzt auch noch an. Komm Julie, wir müssen nach Hause. Wir haben noch etwas Wichtiges zu erledigen.« Sven nahm das Einkaufstütchen, in dem auch eine Flasche Likör für Gretje lag und schob mich Richtung Ausgang. Ida verabschiedete uns mit Küsschen und sagte zu, dass sie zu meinem Geburtstag kommen wollte.

***

Mein geheimnisvolles Köfferchen, mit dem ›Equipment für schöne Stunden‹, lag verschlossen auf unserem Küchentisch. Seit Sven war es nie wieder zum Einsatz gekommen, bei meinem Umzug hatte ich es zum letzten Mal in der Hand gehabt.

»Nun mach es doch nicht so spannend.« Sven konnte es kaum erwarten, dass ich die Schlösser entriegelte.

»Da kann es aber jemand überhaupt nicht mehr abwarten«, lachte ich und öffnete im Zeitlupentempo den Deckel. Obenauf kamen fein zusammengelegte Dessous zu Tage, in der einen Ecke lagen hauchdünne, seidig schimmernde schwarze Strümpfe. Zärtlich strich ich mit den Fingerspitzen darüber.

»Gefällt's dir?«, fragte ich, sah ihn an und hielt einen Hauch von einem Nichts vor seine Augen. Sven murmelte: »Zeig mir alles, ich will mehr davon sehen. Lass es uns ausprobieren. Bitte!«

Verzückt betrachtete ich die Kleinigkeiten aus dem Erotikversand, die unter diversen Tüchern versteckt lagen. Ob mir das Tula-Outfit überhaupt noch passte? Ich hatte große Lust, es auszuprobieren.

»Oho! Was haben wir denn da?« Sven streichelte über den weichen Plüsch der Puschelhandschellen, betrachtete sie von allen Seiten und pfiff durch die Zähne. Die Teufelchen in seinen Augen blitzten, als er die kleine Peitsche in die Hand nahm, die ein absoluter Fehlkauf gewesen war. Sie war noch nie zum Einsatz gekommen, ich hätte sie besser über Bord werfen sollen. Ach nein, das stimmte nicht ganz, einmal musste das Teil als Staubwedel herhalten. Schmunzelnd dachte ich an die Aktion zurück.

»Und mit diesem Ding wolltest du mich verwöhnen? Oder wie bezeichnet man das, was man damit tut? Da hab ich ja direkt noch Glück gehabt, dass es nicht soweit gekommen ist.«

Die weichen Lederstreifen glitten durch seine Hand, er schwang sie durch die Luft und lauschte dem Geräusch. Winzige Schweißtröpfchen sammelten sich auf seiner Stirn, er strich sich die Haare zurück und setzte seine Entdeckungsreise fort.

»Nein mein Chatzchen, mein lieber Prinz G., damit nicht. Ich hatte vor, dich mit einer sinnlichen Massage zu verwöhnen und wollte es auf spielerisch liebevolle Weise schamlos ausnutzen, dass du mir ausgeliefert warst. Später dann …, wer weiß, was du dir noch alles gewünscht hättest.«

»Zieh noch einmal die Sachen an, die du damals getragen hast. Ich will es noch einmal sehen.«

»Bist du dir sicher? Ich dachte, du bist immer noch traumatisiert von der Nacht.«

»Zieh es an!«, forderte er mich noch einmal auf und hielt mir die Highheels hin.

»Hilfe! Abgründe tun sich auf! Mein liebster Sven, ich weiß wirklich nicht, ob ich nicht zu voreilig Ja gesagt habe«, scherzte ich.

»Finde es heraus«, war seine knappe Antwort und in seiner Stimme schwang etwas mit, das mir unter die

Haut ging. Besonders unter die Haut in meinen tieferen Regionen. Nach einem intensiven Blick wussten wir beide, dass wir das Spiel unseres Kennenlernens nun bis zum Schluss spielen würden. Mit den verführerischen Sachen in der Hand verschwand ich ins Bad und fühlte mich auf der Stelle wie verwandelt. Ich war wieder die Frau, die sich im Netz Tula nannte und ihren *Chatzchen* den Namen so buchstabierte, dass sie ihn nie wieder vergaßen. TULA, sagte ich damals, Tula steht für: *Träume und Lust ausleben.*

Voll durchgestylt betrachtete ich die schwarze Lady im Spiegel und erkannte mich selbst kaum wieder. Mit dem weinroten Lippenstift hatte ich meinen Mund genau so wie damals geschminkt und meine Augen verbarg ich hinter einer schwarzen Maske. Ein fein geschwungener Lidstrich betonte zusätzlich meine langen Wimpern. Diese Frau hatte kaum etwas mit mir als Julie-Marie gemeinsam. Das war Tula, die mich lasziv anlächelte. Mein Herz klopfte wie verrückt, für einen Moment schloss ich die Augen, atmete tief durch, zählte bis drei und öffnete dann entschlossen die Tür.

Sven lehnte mit halb geöffnetem Hemd am Kühlschrank, mit einer Flasche Prosecco in der Hand.

»Du bist Tula!?« Sein Blick wanderte über meinen Körper, von der Schuhspitze bis zu meinen Augen.

Sekunden später, in denen man das Ticken der Uhr hören konnte, kam er zu mir. Er reichte mir ein Glas und fuhr mit den Fingern über den schwarzen Satin der Maske, die mein Gesicht verdeckte. »Du bist also die Frau, die meine geheimsten Fantasien kennt und sie wahr werden lassen will?«

»Die bin ich.« Ich betonte jedes Wort einzeln. Die Art, wie er mich anschaute, bescherte mir eine Gänsehaut unter meiner Verkleidung.

»Und du bist Prinz G. oder Sven? Der Mann, mit dem ich seit Wochen chatte und den ich küsse, dem ich vertraue und den ich liebe? Und der mich und meine geheimsten Fantasien als einziger Mensch auf der Welt kennt?«

»Sag Sven zu mir, oder Chatzchen. Ja, ich bin dieser Mann, den du für immer willst.«

»Hm.«

Etwas war anders. Vor mir stand nicht mehr der unsichere Mann, der mit einer Mischung aus Lust und Angst kämpfte. Sven berührte mich, streichelte meine Rundungen, die sich durch das hauteng Kostüm, das Ähnlichkeit mit Cat-Woman hatte, abzeichneten.

»Wenn du dir nicht sicher bist, dann kannst du noch zurück, meine liebe Julie. Oder soll ich Tula sagen?«

Für einen Moment ruhte seine Hand auf meinem Brustkorb, in der Nähe meines Herzens, und in diesem Augenblick wusste ich, dass ich mich ihm willenlos ausliefern würde.

»Komm mit, wir gehen nach nebenan, dort ist es gemütlicher.« Er führte mich in unser Schlafzimmer, das mir merkwürdig fremd vorkam. Als ich Sven im Spiegel ansah, schien auch er ein anderer zu sein.

»Nimm die Maske ab und zeig mir dein schönes Gesicht.«

Sven sah verdammt heiß aus, wie er so an dem massiven Bett lehnte und mich mit seinen meerblauen Augen zu sich heranlockte.

»Und wie geht's jetzt weiter?«, wisperte ich und merkte, dass meine Stimme mir nicht mehr gehorchte.

»Zieh die Sachen aus, Julie! Ich will dich ohne alles, und dann sehen wir weiter.«

»Willst du mir nicht dabei helfen?«, bot ich an.

»Nein!« Er schüttelte den Kopf. »Ich will dir zusehen, wie du dich bewegst, wie du deine Highheels ausziehst und wie du dein Haar für mich öffnest und es weich auf deine Schultern fällt.«

Ich nahm die Maske von meinem Gesicht. Sven fuhr mit seinem Mund zärtlich über die Haut, die darunter verborgen war, küsste meine Augenlider und spielte mit meinen Lippen.

»Tu einfach das, was ich dir sage.« Er sagte es sanft und leise.

Langsam schob ich mein letztes Kleidungsstück von der Hüfte zu den Zehen, Svens Augen ließen mich dabei nicht eine Sekunde los.

»Und???«

Er sagte nichts, lächelte, sein Blick glitt über mich und dann stellte er sich vollständig bekleidet hinter mich. Er streichelte mir sanft über den Rücken, fuhr mir mit den Fingern durchs Haar, zerwühlte es und bedeckte meine Rückseite mit Küssen. Ich spürte seine Hände auf meinem Po und an den Oberschenkeln. Dann legte er die Arme um mich und streichelte mich vom Nabel aufwärts. Mir blieb die Luft weg, ich konnte kaum noch atmen. Ich wollte ihn nur noch fühlen. Ganz nah. In mir.

Sven hauchte einen Kuss in meinen Nacken und sein Duft benebelte meine Sinne. Bebend vor Lust streckte ich meine Arme nach ihm aus und spürte im selben Moment etwas Weiches, das sich um meine Handgelenke legte.

»Wenn du dich nicht beherrschen kannst, muss ich dich wohl ein wenig bremsen«, flüsterte er. Das waren exakt die Worte, die ich bei unserem ersten *Lovedate*, so nannte ich die Treffen, benutzt hatte. Die hatten sich aber tief in sein Gedächtnis eingebrannt.

»Gleich, wenn du entspannt liegst, werde ich dich verwöhnen.« Sanft bugsierte er mich zum Bett, auf das ich mich willenlos fallen ließ.

»Keine Angst, meine Liebe, ich tue dir nicht weh. Das verspreche ich dir. Gibt es etwas aus dem Köfferchen, das ich nicht benutzen darf?«

Spontan wollte ich Nein sagen, doch dann fiel mir etwas ein.

»Ja, es gibt etwas, das du nicht benutzen darfst.«

»Und das wäre?«

»Die Kondome! Ich will dich so. Ohne alles.«

Sven drückte mich auf die Matratze, und ehe ich begriff was geschah, fesselte er mich ans Bett. Sein Mund kam meinem immer näher, ich spürte seinen Atem und seine Barthaare, die mich kitzelten. Seine Lippen fühlten sich warm an und schmeckten süß und …, leider war es nur für einen viel zu kurzen Moment.

»Du kannst mich noch viel besser fühlen, wenn du nicht siehst, was passiert«, sagte er und verband mir die Augen. Nicht einmal der kleinste Lichtstrahl drang durch das Tuch, ich lauschte in die Dunkelheit und fühlte meinen Liebsten mit allen Sinnen.

Voller Leidenschaft entfachte er ein Feuer an meinen

sensibelsten Stellen, raunte mir zu, was er mit mir tun würde und brachte mich dazu, dass ich um mehr bettelte. Etwas vibrierte sanft über meine Hüfte, glitt ein wenig tiefer. Das Geräusch wurde intensiver, ebenso mein Atem. Überraschend verstummte es, nur ich vibrierte noch und …, Svens Handy.

»Bin gleich wieder bei dir. Mach dir solange schöne Gedanken«, flüsterte er mir ins Ohr.

Ich hörte ihn leise sprechen, verstand aber kein Wort von dem, was er sagte. Es dauerte nicht lange, dann war er wieder bei mir. Sein Mund liebkoste die Region, die vor Sehnsucht und Lust bebte.

»Nicht aufhören«, flehte ich.

Folie knisterte, seine Finger berührten meine Lippen, sie schmeckten süß, nach Sanddorn und Schokolade. Er fütterte mich mit einem Stückchen Sanddornhappen, küsste Schokolade von meinen Lippen und naschte mit seiner Zunge ein wenig Süße aus meinem Mund.

»Ein kleiner Snack für zwischendurch«, flüsterte er und streichelte mich zärtlich. Er küsste meine Zehen, kitzelte mich unter den Fußsohlen und zog sich zurück. »Bin gleich wieder da«, rief er mir zu, als es an der Wohnungstür klingelte.

»Mach nicht auf. Nicht jetzt. Du kannst doch jetzt niemanden …!«

Doch, er konnte! Ein Luftzug wehte von der Schlafzimmertür herüber, dann hörte ich wie die Haustür geöffnet wurde. Sven lachte, begrüßte jemanden und bat ihn herein. Aus dem Wohnzimmer plätscherte musikalisch untermaltes Geplauder.

Was sollte das denn?

Wieder ging die Haustür.

»Ist Julie nicht da?« Das musste Doro sein, ihre Stimme war unverwechselbar.

»Julie ist in der Stadt, sie wollte noch ein paar Besorgungen erledigen. Es kann etwas länger dauern.«

»Ach schade! Ich muss ihr unbedingt was erzählen.«

»Magst du einen Kaffee? Frank ist auch da.« Nun hörte ich sie zu dritt plaudern.

Sollte ich schreien? Oder fröhlich *Huhu!*, rufen? Wieso schickte Sven die beiden nicht weg und kam zu mir zurück?

»Sven, was machst du mit mir? Du Idiot! Komm zurück, komm her, ich brauche dich«, nuschelte ich bibbernd. Laut zu rufen traute ich mich nicht. So wie ich hier lag, durfte mich außer Sven niemand sehen.

Tränen brannten in meinen Augen und innerlich kochte ich vor Wut. Was sollte das denn bitteschön? Gehörte dieser Blödsinn zu seinem Spiel dazu, mich ans Bett gefesselt schmoren zu lassen? War das seine persönliche späte Rache? Hatte der Mistkerl mit den sanften Augen Spaß daran, mich zu demütigen? Sollte ich mich so in ihm getäuscht haben?

Angestrengt lauschte ich. Es war still geworden.

»Sven, bitte Sven, so etwas darfst du nicht mit mir machen«, weinte ich und leierte den Satz wie ein Mantra unentwegt vor mich hin. Solange, bis ich einen Luftzug an meinem Gesicht verspürte.

»Psst. Ich bin ja schon wieder bei dir meine Liebste.« Sven nahm mir die Augenbinde ab, sah mich schuldbewusst an und küsste mir die Tränen vom Gesicht. »Sag nichts. Ich weiß selbst, dass das nicht sehr nett war und ich entschuldige mich dafür.«

Seelenruhig knöpfte Sven sein geblümtes Hemd auf, streifte es ab, ebenso seine Jeans, und legte sich zu mir.

»Mistkerl! Mach mich sofort los!«

»Ganz ruhig Liebes, noch einen Moment. Ich habe hier etwas für dich.« Mit einem Blatt Papier wedelte er vor meiner Nase herum, strich aufreizend langsam damit über meine Beine, meinen Bauch und weiter aufwärts. Sein Mund folgte dem Hauch des Papiers und meine Wut schlug um in Begehren.

»Sven! Was machst du mit mir?«

»Lies das! Wegen der Abgründe, die sich angeblich bei mir auftun.«

Dunkle Abgründe der Lust, gepaart mit Liebe, sah ich in seinen Augen. Dieser Typ hatte zweifelsfrei einen Vogel, aber nur diesen Mann wollte ich. Auch wenn er sich soeben benommen hatte wie ein Arschloch.

»Mach mich endlich los«, blaffte ich ihn an. Ich ließ ihn keinen Moment aus den Augen. Mein ganzer Körper bebte, ich hatte genug von seinen Spielchen.

»Lies vor!«

Er hielt mir den Brief vor die Nase und ich las:

Liebste Julie, auch wenn ich manchmal ein echter Mistkerl sein kann, werde trotzdem meine Frau. Sag JA zu uns und zu einem gemeinsamen Leben. Gib uns eine Chance.

»Du verrückter Kerl!«

Meine Wut verebbte und blubberte nur noch leise vor sich hin. Ich konnte ihm nicht länger böse sein.

»Julie-Marie Sommer, ich liebe dich. Sag Ja. Auch zu meinen angeblichen Abgründen.«

»Ja!«

Die zwei Buchstaben schwebten die ganze Zeit über im Raum, als Sven mich befreite und an der Stelle weitermachte, wo er vor dem Sanddornkuss aufgehört hatte.

»Hab ich nicht gleich gesagt, dass du Ja sagen wirst?« Selbstgefällig und triumphierend grinste er mich an, bis ich die kleine Peitsche in die Hand nahm und drohte, ihm diese Überheblichkeiten auszutreiben.

»Mit dir und mit Frau Tula wird es garantiert nicht langweilig«, sagte er und versicherte mir immer wieder, dass ich ihm wirklich nicht zu lieb bin.

»Aber so etwas wie eben, das machst du nicht noch einmal mit mir!«

»Kommt nicht wieder vor!«, versicherte er. »Aber jetzt sind wir quitt und du hast wenigstens eine leise Ahnung davon, wie ich mich damals gefühlt und welche Qualen ich ausgestanden habe.«

11. Kapitel

»Am Freitag nach Pfingsten ist es soweit! Was sagst du dazu? Mittags um zwölf Uhr im Badekarren am Weststrand.« Triumphierend breitete Sven allerlei Papierkram vor mir aus. »Hab ich das nicht gut hingekriegt?«

»Wie bitte? Wann heiraten wir?«

»Da bist du sprachlos, nicht wahr? Organisieren kann ich!« Sven erwartete anscheinend ein dickes Lob, oder dass ich ihm juchzend um den Hals fiel. Unfassbar!

Einen Kaffee später fand ich meine Sprache wieder und machte meinem Ärger Luft. »Und was ist mit meinem Wunschtermin im Juli? Der wäre doch viel besser! Dann sind Sommerferien und wir hätten viel mehr Zeit zusammen.«

»Ich dachte, du freust dich und kannst es kaum erwarten?« Seinem wasserblauen Welpenblick, den er immer dann einsetzte, wenn er mich zu irgendwas überreden wollte, konnte ich nicht widerstehen.

»Och Sven! Das ist ja schon in drei Monaten und vorher habe ich noch Geburtstag. Das geht mir jetzt doch etwas zu schnell.«

»Aber mit dem Badekarren bist du schon einverstanden, ja?«

»Was denn sonst?« Etwas anderes kam für mich nicht in Frage. »Ich will aber keine große Party.«

»Darüber waren wir uns doch schon einig. Einverstanden!« Sven strich auf der Gästeliste einen nach dem anderen Namen durch, bis nur noch Ida, Franky und Doro übrigblieben.

»Setz Leon noch mit auf die Liste.«

»Das meinst du nicht wirklich, oder?«

»Warum denn nicht? Leon ist mein bester Freund. Kannst ganz beruhigt sein, das ist keine Freundschaft plus!«

»Hm!« Sven grummelte vor sich hin und kritzelte Leons Namen aufs Papier. Dahinter setzte er einen grimmig dreinblickenden Smiley.

»Und Tom. Der muss auch unbedingt dabei sein. Ich hoffe, dass er kommen kann.«

»Das sind erst zwei. Hast du keine beste Freundin, die du einladen willst?«

»Nee! Leider nicht. Meine beste Freundin hat mir immerhin den Mann ausgespannt!« Schmerzlich wurde ich mir dieser Tatsache bewusst. »Wie gut, dass die alte Zicke sich an ihn rangeschmissen hat, sonst wären wir uns ja nie begegnet. Meine Eltern sollen natürlich auch mit uns feiern.«

»Was ist mit deinen Brüdern?«

»Das wird schwierig, mit den Kindern.« Sven setzte ein Fragezeichen hinter ihre Namen. »Nein, den Jungs sage ich es erst, wenn es wirklich passiert ist. Ich kann es vorher selbst noch nicht richtig glauben.« Ich strich die Namen wieder durch.

»Angsthase! Glaubst du, ich laufe dir weg?«

»Ach Sven«, seufzte ich aus tiefster Seele und kuschelte mich in seine starken Arme.

»Musst keine Angst haben mein Mädchen, ich lasse dich nicht wieder los.«

»Du organisierst das alles? Du bist ja perfekt darin. Versprochen?«

»Versprochen!« Sven wurde unruhig, unsere gemeinsame Zeit ging schon wieder dem Ende entgegen. »Was machst du denn heute Abend noch, wenn ich weg bin? Genehmigst du dir irgendwo einen Cocktail?«

»Glaub schon«, nuschelte ich. »Vielleicht trinke ich in der Marienhöhe noch etwas und schaue den Fährschiffen hinterher.« Ich blinzelte eine Träne weg und zog meine Mundwinkel zu einem schiefen Lächeln in die Höhe. »Vielleicht nehme ich mein Tagebuch mit und schreibe alles auf, was in den letzten Tagen passiert ist. Und auch das, was mir sonst noch so im Kopf herumspukt. Vielleicht fange ich aber auch mit meiner Geburtstagsliste an.«

An diesem Sonntag brachte ich Sven nur bis zur Bushaltestelle. Das ständige Abschiednehmen war nicht unbedingt meine Stärke.

»Pass gut auf dich auf!«, flüsterte ich traurig und sah dem Bus hinterher, der sich Richtung Hafen in Bewegung setzte.

***

In der Marienhöhe machte ich es mir in einem Sessel mit Blick aufs Meer gemütlich. Ich bestellte einen Kaffee mit einem Schuss Sanddornlikör, holte mein Tagebuch heraus und legte mein Handy auf die Fensterbank. Das Blitzlicht einer eingehenden WhatsApp-Nachricht schreckte mich auf. Diese Blinkfunktion war neu für mich. Ich hatte das bei Gretjes Handy gesehen und Piet ließ es sich nicht nehmen, mir die Funktion sofort einzurichten. Echt cool!

Liebe Julie, las ich. *Nachträglich alles Liebe zum Valentinstag, dein Leon!*

Hoppla, was hatte das denn zu bedeuten?

Ich weiß, dass ich nicht mehr dein Leon bin. Dein Herz gehört ja jetzt einem anderen. Aber vielleicht …? Nein!!! Aber weißt du, was ich dir unbedingt mitteilen muss? Du wirst es nicht glauben! Halt dich fest, setz dich lieber hin!

Himmel, der machte es ja spannend. Wollte Leon womöglich heiraten? Die ältere Lady auf Sylt, von der er erzählt hatte? Zuzutrauen war es ihm. Da ich sowieso schon saß, konnte ich getrost weiterlesen.

Vor ein paar Tagen war ich auf Norderney, zu einem Vorstellungsgespräch!!! Kurverwaltung. Hatte dir doch erzählt, dass ich mich nach einem neuen Job umsehen will. Hab Initiativbewerbungen an alle ostfriesischen und nordfriesischen Inseln geschickt. – Leider warst du nicht da, sonst hätte ich eben Hallo gesagt. Stell dir vor: Die nehmen mich! Ich habe eine Zusage für Norderney!!! Also, meine liebe Julie, du kannst mir ab April nicht mehr davon-

*laufen. Es führt kein Weg mehr an mir vorbei. Du freust
dich doch??? Freundschaftsbussi, Leon.*

Na, das war in der Tat eine Info, die mich umhaute.
Komisch nur, dass ich nicht gleich vor Freude in die
Luft sprang. Leon auf meiner Insel! Auf alle Fälle für
mindestens eine Saison! Wahrscheinlich länger. Er war
ausgesprochen gut in seinem Job und verfügte über diese
gewisse Ausstrahlung, der sich kaum jemand entziehen
konnte. In meinem Kopf begann es zu rattern. Es wurde
höchste Zeit, dass Sven ihn kennenlernte.

*Gratuliere! Das ist ja der Wahnsinn! Dann möchte ich dich
auch gleich zu meinem Geburtstag einladen. Du kommst
doch?*

*Danke! Ich komme natürlich sehr gern. Passt optimal in
mein Timing, weil ich noch ein paar Tage Urlaub habe
und nur noch zwei Wochen arbeiten muss. Dann kann ich
endlich deinen Sven kennenlernen. Bin schon sehr gespannt
auf den Mann, der dir den Kopf verdreht hat.*

Ich dachte an die Nacht mit Leon unterm Sternen-
himmel zurück. Inzwischen konnte ich darüber lachen,
aber im letzten Sommer, als es passiert war, brach für
mich eine Welt zusammen. Ich hatte eine Nacht mit
ihm zusammen im Schlafstrandkorb in der Nähe der
Weißen Düne unter freiem Himmel verbracht. Gott sei
Dank konnte ich noch gerade rechtzeitig die Notbremse
ziehen. Sven war allerdings eine andere Version der
Geschichte zu Ohren gekommen und ich war damals

felsenfest davon überzeugt, dies wäre das Ende unserer Beziehung. Zum Glück konnten wir die Sache dann aber doch noch klären.

Aber ich hatte Leon ja auch etwas mitzuteilen und schrieb:

Und nun mein Lieber, setz du dich mal hin. Ich habe nämlich auch riesige Neuigkeiten für dich. Das glaubst du nicht!

Du bist schwanger???, war seine prompte Reaktion.

Kichernd schrieb ich:

Nein!!! Nicht schwanger! Aber wir werden heiraten, noch dieses Jahr, im Mai! Was sagst du dazu? Ich habe es mir so sehr gewünscht. Einzelheiten erfährst du, wenn du da bist.

Das Wort *Schreibt …!* flatterte in der Zeile hin und her, ungeduldig wartete ich auf Leons Antwort. Es dauerte ewig, bis seine Nachricht eintraf. Als Antwort leuchtete dann aber nur ein einziges Wort auf: *Gratuliere!* Hinter dem Text pappte ein Herz, zusammen mit einem Smiley, mit einem lachenden und einem weinenden Auge.

Super! Ich habe Sven schon gesagt, dass ich dich zu unserer Trauung einladen will. Er hat nur etwas komisch geguckt, ist aber einverstanden. Du erfüllst mir doch den Wunsch und bist dabei, ja? Bitte! Ohne dich hätte ich mein Chatzchen Sven ja niemals kennengelernt.

Liebste Julie, dir konnte ich noch nie einen Wunsch ab-schlagen. Ich fühle mich geehrt und freue mich riesig, dich als Braut zu sehen. Aber vorher feiern wir erst einmal deinen Geburtstag.

Zum Tagebuchschreiben hatte ich jetzt keine Lust mehr. Mit meiner Geburtstagsliste war ich noch nicht viel weitergekommen, aber wenigstens hatte ich Leon schon eingeladen.

Bei einem Glas Wein träumte ich ein wenig vor mich hin. Ich schaute dem Tag zu, wie er sich verabschiedete, den Himmel für ein paar Minuten malerisch aufleuchten ließ und wie Himmel und Meer danach sanft ineinander tauchten, bis nur noch winzige Lichtpunkte in der Ferne die Dunkelheit erhellten.

Weitere Geburtstagseinladungen verschickte ich vorsichtshalber auch noch einmal an Ida und an Hanne Neumann. Seit ihrer verunglückten Scheidungsparty hatte ich Hanne nicht mehr gesehen. Hinter Leons Namen setzte ich einen Haken, Trude und Hinnerk wussten Bescheid, jetzt fehlten nur noch Doro und Frank und Gretje.

Gretje hatte mir erzählt, dass sie früher in den Sommermonaten als Briefträgerin auf der Insel gearbeitet hatte. Man nannte sie *die Gretje von der Post*. Ich wurde das Gefühl nicht los, dass sie sich freuen würde, wieder einmal nach Norderney rüberzufahren. Piet hatte bei ihren Ausführungen heftig genickt. Also schickte ich Gretje eine Einladung. Wieder eine gute Tat! Doro und Frank hakte ich als Nächstes ab. Nun musste ich mir nur noch überlegen, *wie* ich feiern wollte.

Mit dem letzten Schluck Wein kam ich zu der Erkenntnis, dass ich das *Wie* vom Wetter abhängig machen würde. Bei guter Witterung stellte ich mir ein romantisches Picknick am Nordstrand vor. Man könnte ein paar Strandkörbe zusammenrücken. Meine Fahrradtaschen würde ich mit Leckereien füllen, Getränke kamen bei Sven in die Satteltaschen und dann: Treffpunkt *Weiße Düne.*

Meine Fantasie lief auf Hochtouren und beflügelte mich. Die Realität holte mich abends jedoch schnell wieder ein, als ich mit Sven telefonierte. Er gab mir zu bedenken, dass die Strandkörbe zu dem Zeitpunkt wahrscheinlich noch nicht wieder aufgestellt waren. »Frag lieber vorher nach«, riet er mir, »sonst erlebst du eine böse Überraschung.« So ein Mist!

Am nächsten Tag sprach ich die beinahe allwissende Trude auf die Strandkörbe an.

»Also darauf würde ich mich nicht verlassen. Klingt zwar sehr verlockend, was du vorhast, und für junge Leute die sportlich und flexibel sind, mag das gut gehen.«

»Hallo? Ich werde fünfunddreißig! Ich bin jung und ich bin gut trainiert und flexibel.« Sollte ich mich etwa jetzt schon damit abfinden, dass ich auf die vierzig zuging?

»Du schon und Hinnerk auch. Aber denk auch mal an deinen Verlobten und an die anderen Gäste. Hast du nicht gesagt, dass du Gretje einladen willst? Wie soll die denn dahin kommen?«

»Mit dem Bus, wie denn sonst? Es gibt doch eine direkte Verbindung bis zur Weißen Düne. Und was meinen Verlobten betrifft«, das Wort *Verlobter* zog ich übertrieben in die Länge und grinste dabei von einem Ohr zum anderen, »also der ist absolut fit. Der ist immerhin Sportlehrer!«

Trude versprach ihren Mann zu fragen, wann die Strandkörbe für die Sommersaison an den Start gehen sollten.

12. Kapitel

Die Körbe würden an meinem Geburtstag mit großer Wahrscheinlichkeit noch nicht am Strand stehen, meinte Trude. Folglich verabschiedete ich mich von meiner Idee und grübelte über eine Alternative nach.

»Mach es doch nicht so kompliziert«, stöhnte Hinnerk und verdrehte die Augen.

»Mach ich doch gar nicht!« Dieser Spruch konnte nur von einem Mann kommen. Hauptsache es gab etwas zu Essen und zu Trinken. »Es soll aber etwas Besonderes sein, schließlich ist es ein halbrunder Geburtstag.«

»Also, ich finde, Kaffee und Kuchen reicht auch«, mischte Trude sich ein. »Mach es doch bei dir zuhause, du musst uns nicht irgendwohin einladen. Das wird viel zu teuer.« Natürlich hatte Trude vollkommen recht.

»Ich frage Sven mal, was er davon hält«, beendete ich die Diskussion. Trude nickte eifrig, sie brannte schon lange darauf, zu sehen, wie ihr heimlicher Schwarm eingerichtet war.

Als ich Svens Nummer wählte, brach die Verbindung entweder sofort ab, oder der Lärmpegel im Bus übertönte jedes Wort und machte ein Gespräch unmöglich. Er befand sich gerade auf dem Weg nach Österreich.

Dem Juchzen und Gegacker der Mädels nach zu urteilen, hatten die Schüler viel Spaß. Sven versuchte mich davon zu überzeugen, dass absolut kein Alkohol im Spiel wäre. *Während der Fahrt ist das strengstens verboten*, schrieb er und klärte mich über seine Aufsichtspflicht und Vorbildfunktion auf. Das war das einzige Gespräch, das länger als ein paar Sekunden dauerte.

Also schrieb ich ihm lieber eine WhatsApp:

Hast du etwas dagegen, wenn ich meinen Geburtstag bei dir in der Wohnung feiere und meine Gäste dorthin einlade?

Zu uns muss das heißen!, korrigierte er sofort. Das *ist jetzt auch deine Wohnung. Liebe Julie, du musst mich nicht um Erlaubnis fragen. Außerdem kenne ich deine Gäste, bis auf Leon.*

Danke! Sehr großzügig.

Melde mich später. Versuche jetzt ein bisschen zu schlafen.

Er hatte ein Foto aus dem Bus angehängt, darauf war allerdings nicht besonders viel zu erkennen.

Das hatte ich also schon mal geklärt! Ich beherzigte den Tipp meiner Mutter und fragte Gretje, ob sie mir eine selbst gebackene Friesentorte mitbringen könnte.

»Jau! Wird gemacht!«, antwortete sie mit einer Sprachnachricht. Ich hörte mir den *Klönschnack* mehrmals hintereinander an. Es tat so gut, ihren ostfriesischen Dialekt zu hören. Erleichtert setzte ich ein Häkchen hinter *Torte*. Die anderen Kuchen würde ich einen Tag vorher backen.

Kurze Zeit später schickte Gretje noch einen Klönschnack: »Wat wünschst du dir denn?«, fragte sie. Piet rief dazwischen, dass sie mir Buletten mitbringen sollte.

»Ach Gretje, ich wünsche mir nur, dass du mit Piet rüberkommst und dass ihr mit mir feiert. Wenn du dann auch noch eine Torte mitbringst, hast du ja schon ein tolles Geschenk. Danke!«

»Da nich für!«, nuschelte es aus meinem iPhone. Ich hörte mir das ›Da nich für‹ noch ein paarmal an, bevor ich das Handy schmunzelnd beiseitelegte. Ich musste höllisch aufpassen, nicht selber allzu häufig von dieser Redensart Gebrauch zu machen. Gelegentlich ertappte ich mich dabei, dass ich mit ihren Worten antwortete, wenn sich ein Kunde bei mir bedankte. Die meisten schmunzelten dann und wollten wissen, ob ich Ostfriesin bin.

***

Sven schickte häufig kurze Nachrichten und Fotos, auf denen ich die verschneite Bergwelt bestaunen konnte, oder aber ihn als Skilehrer. Wäre er mir mit Skianzug und Helm irgendwo begegnet, wäre ich glatt an ihm vorbeigelaufen.

Er nutzte offenbar sämtliche Pausen, um mich auf dem Laufenden zu halten. Unter seine Nachrichten schrieb er jedes Mal *Ich vermisste dich* und hängte alberne Smileys und Liebesbotschaften an.

Ich sah ihn direkt vor mir, wie er heimlich unterm Tisch, so dass die jungen Leute es nicht mitbekamen, etwas in sein Handy tippte. Auf einigen Fotos war er von Schülern umringt. Sie hatten ihren Spaß, das konnte man sehen, vor allem beim Après-Ski.

Auf einem Foto saß er zwischen zwei hübschen Mädels, die ihm Küsschen auf die Wangen drückten. *Ganz schön übermütig*, dachte ich. So etwas hätte ich mich niemals bei einem Lehrer getraut. *Hilfe!!!*, stand unter dem Bild und Sven hatte einen Smiley mit Igitt-Gesicht angehängt. Anscheinend genoss er es aber, von den jungen Frauen angeschmachtet zu werden.

Seine Schüler waren Auszubildende im Verwaltungsbereich. Wie eine Gruppe braver Banker oder Verwaltungsangestellte einer Behörde, sahen die aber nicht aus. Eine Schülerin verkörperte voll mein Klischee, das ich von einer Friseurin hatte. Trotz Helm und eisiger Temperaturen kam sie auf dem Foto rüber wie ein Supermodel. Perfekt durchgestylt lehnte sie sich an Sven, mit einer Hand umklammerte sie die Skistöcke, die andere perfekt manikürte Hand lag auf Svens Schulter. Bei den langen Fingernägeln musste sie ihre Handschuhe bestimmt zwei Nummern größer kaufen. Meine Vorurteilsschublade funktionierte wie geschmiert.

Der arme Sven! Ich schaffte es nicht, ihn angemessen zu bedauern. Er hatte wirklich keinen leichten Job. So eine Klasse zu bändigen, war bestimmt nicht einfach. Wie gut, dass seine Kollegin Lina alles im Griff hatte und die Fahrt begleitete. Sven hatte ihre Fähigkeiten in den höchsten Tönen gepriesen und versichert, was für ein tolles und gut eingespieltes Team sie waren.

Ich zoomte das Foto näher heran. Nett gemeint, dass er mir das schickte, aber es ärgerte mich trotzdem. Und für sowas konnte er an meinem Geburtstag nicht bei mir sein. Musste er sich wirklich von Schülerinnen um die Zwanzig anhimmeln lassen und ihnen demonstrieren, was für ein toller Typ er war?

Nein, ich war gar nicht eifersüchtig! Oma Melli hätte jetzt den Kopf geschüttelt und mir einen Vortrag über Vertrauen und Loslassen gehalten. Sie hätte gesagt: *Freu dich des Lebens und amüsiere dich. Trübsal blasen und Eifersucht ist reine Zeitverschwendung.*

***

Frühmorgens an meinem Geburtstag joggte ich über die menschenleere Promenade. Ich lief bis zum Cornelius und holte mir auf dem Rückweg frische Brötchen und das Norderneyer Morgenblatt, den *Nomo*.

Bei meinem Frühstückskaffee widmete ich mich zunächst den Wetteraussichten. Der Wetterfrosch brachte die Vorhersage immer sehr humorvoll rüber. Schmunzelnd las ich unter der Rubrik *Jan Weer meent*: ›Wir bekommen ganz viel Wetter dieses Wochenende. Sogar ganze drei Tage lang. Wie es an den einzelnen Tagen ist, verrät ein Blick aus dem Fenster‹.

Passt, dachte ich. Der Sicherheit halber schaute ich aber in meiner Wetterapp nach und checkte bei der Gelegenheit meinen Posteingang. Es waren schon einige Glückwünsche angekommen, leider war von Sven noch nichts dabei. Bestimmte würde er sich später melden, wenn er in dem Rückreistrubel ein wenig Luft hatte.

»Happy birthday to you«, schmetterten meine Kollegen, als ich am Arbeitsplatz eintraf. Trude hatte unser Team um sich versammelt und das Liedchen angestimmt. Mir schoss das Blut in die Wangen, es war mir so peinlich, im Mittelpunkt zu stehen. Ich wusste nicht, wo ich hinschauen sollte und musste mich zusammenreißen, um nicht laut loszulachen.

»Das ist ja eine Überraschung. Danke! Ich bin ganz gerührt«, stotterte ich. Trude überreichte mir einen kleinen Frühlingsstrauß, zu dem sie mir außerdem einen Umschlag in die Hand drückte. Vermutlich ein Gutschein.

»Wow!« Das waren zwei Eintrittskarten für ein Konzert im Rahmen der Summertime. Das Konzert von Anastasia! »Das ist ja Hammer! Wow! Wahnsinn! Habe ich dann auch wirklich frei?«

»Na klar, Julie! Wenn wir dir schon solche Tickets schenken, dann ist das doch wohl selbstverständlich. Du kannst rechtzeitig Feierabend machen und am nächsten Morgen sogar noch ausschlafen. Also wirklich!«

»Ihr seid einfach …, ach, ich weiß gar nicht, was ich sagen soll. Ich freue mich riesig. Heute Mittag um zwölf? Auf ein belegtes Brötchen und ein Gläschen Sekt? Ist schon alles vorbereitet.«

»Perfekt! Passt! Und nun an die Arbeit!«

Trude scheuchte uns zu unseren Kunden. Auf mich wartete unsere Standesbeamtin, die mir zur Feier des Tages per Handschlag gratulierte. Für einen echten

Norderneyer war das völlig unüblich, darauf konnte ich mir etwas einbilden. Sie hatte mir einmal erzählt, dass die Norderneyer sich nur an Neujahr die Hand schütteln. Mein Geburtstag fing gut an.

»So Frau Maier, dann wollen wir mal. Sie müssen ja pünktlich wieder im Amt sein. Wie viele Paare trauen Sie denn heute?«

»Nu bleib mal ganz ruhig. Die erste Trauung ist erst in zwei Stunden. Bis dahin bin ich schön entspannt und kann meine Rede noch viel besser halten.«

»Wie viele sind es denn nun heute?«

»Heute Vormittag zwei und am Nachmittag auch noch zwei. Es ist Frühling, die Liebe liegt in der Luft. Die Heiratssaison geht wieder los. Wie gut, dass Sie und der Herr Arends schon lange einen festen Termin haben. Kommt er denn heute auch zum Geburtstag feiern?«

»Nee, leider nicht. Der ist auf Klassenfahrt in den Bergen und kann erst morgen hier sein. Aber, sagen Sie mal, was meinten Sie denn damit, dass wir schon lange einen Termin haben?«

»Ach, habe ich das gesagt?«, fragte sie erstaunt, räusperte sich und vergrub ihre Nase in der Öffnung des Kopfteils.

»Das haben Sie gesagt! Also?« Ich knetete ein bisschen fester und sie fing leise an zu wimmern. »Also, nun mal raus mit der Sprache.«

Zaghaft rückte sie damit heraus, dass Sven bereits Anfang Dezember den Termin für unsere Hochzeit beim Standesamt hatte eintragen lassen. Zu dem Zeitpunkt konnte er noch gar nicht wissen, ob ich überhaupt jemals Ja sagen würde! Unglaublich! Ich war sprachlos.

»Ist was nicht in Ordnung?«, fragte meine Kundin zögernd. »Ich sollte das eigentlich nicht verraten, ich hatte es ihrem Verlobten versprochen. Wie dumm, dass ich mich verplappert habe!«

»Alles gut, Frau Maier. Aber mit meinem Sven muss ich wohl mal ein ernstes Wörtchen reden.«

»Nun seien Sie man nicht so streng mit ihm. Er hat das doch gut gemeint und wir wussten doch alle, dass Sie beide über kurz oder lang heiraten werden. Das sieht man euch doch schon von Weitem an, dass ihr zusammengehört.«

»So, so!« Das verbliebene Öl auf ihrem Rücken nahm ich mit einem feuchten, heißen Tuch ab, Frau Maier seufzte wohlig auf.

»Das war genau richtig, dass Ihr Schatz den Termin so früh gemacht hat. Wir sind so gut wie ausgebucht. Der Badekarren ist unser Renner, da muss man früh sein. Sie wissen ja: Der frühe Vogel …«

»Ach, dann bin ich also der Vogel? – Piep! Unsere Zeit ist um.« Der Spruch hätte auch von meiner Oma sein können.

Trude schickte mich schon um eins, nachdem ich in meinem Thalassotempel einen ausgegeben hatte, nach Hause. Auf der Strandpromenade lief mir ein Brautpaar über den Weg, unwillkürlich musste ich lächeln. Wenn das nicht ein Zeichen war. Die Braut trug ein weißes langes Kleid und hielt einen Strauß knallrosa Herzluftballons in der Hand. Im Vorbeigehen wünschte ich den beiden viel Glück. Sie liefen zum Strand hinunter, sie zog die Schuhe aus, raffte ihr Kleid, und der Fotograf hielt jeden Moment mit seiner Kamera fest.

Eine zauberhafte Stimmung lag in der Luft. Es war diesigtrüb und die Sonne konnte man nur erahnen. Die Farben von Himmel, Strand und Meer gingen harmonisch ineinander über. Das Pink der Luftballons war der einzige Farbklecks, der diese Harmonie unterbrach. Im richtigen Moment, als die Traube der Ballons über mich hinwegschwebte und sich auflöste, drückte ich auf den Auslöser meines Handys. Ein sensationelles Foto war das, das musste ich Sven unbedingt schicken.

Im Laufe des Tages gingen jede Menge Glückwünsche bei mir ein. Von Tom, der Oma Mellis heimliche große Liebe gewesen war, bekam ich ganz herzliche und sehr persönliche Geburtstagsgrüße. Sein Sohn Sebi, mit dem ich viele Sommer zusammen auf Norderney gespielt und dem ich den Spitznamen *der Drachenfänger* gegeben hatte, schickte ebenfalls liebe Grüße. Hanne Neumann meldete sich und kündigte an, dass sie etwas früher da sein würde und Gretje gratulierte mit einem *Selbie*, auf dem sie mit Piet zusammen hinter einem Riesenkoffer auf der Frisia zu sehen war. Eigentlich wollte sie doch nur eine Nacht bleiben. Aber wer weiß, was die alte Dame wieder im Schilde führte.

13. Kapitel

Hanne Neumann stand als Erste vor meiner Tür.
Mit Umarmung und Küsschen stürmte sie herein,
drückte mir ein Geschenk in die Hand und zauberte
einen Prosecco aus ihrem Beutel. Auf der Stelle wollte
sie mit mir anzustoßen.

»Herzlichen Glückwunsch und alles Liebe für dich.
Wie alt wirst du eigentlich heute?« Sie schaute sich suchend um und fragte: »Wo ist denn Sven? In der Küche?«

»Schön wär's. Wir feiern morgen erst zusammen. Er ist
noch auf Klassenfahrt«, sagte ich und zog einen Flunsch.
Es klingelte erneut, diesmal waren es Ida und Doro.

»He!, schön, dass ihr da seid. Wo ist denn Frank?
Kann er sich mal wieder nicht freimachen?«, fragte ich
und hängte die Jacken an die Garderobe. Das Wort *Freimachen* löste bei Doro einen Lachanfall aus, mit dem
sie uns alle ansteckte. Es dauerte einen Moment, bis es
auch bei uns *Klick* machte. Hanne füllte die Gläser und
schob mich zur Tür, als es wieder klingelte. Noch immer
kichernd riss ich sie auf – und prallte zurück.

»Herzlichen Glückwunsch zu deinem Geburtstag,
liebe Marie.«

»Lucas???« Er war der Letzte, mit dem ich gerechnet hatte.

»Es war gar nicht so leicht herauszufinden, wo du wohnst. Aber wie du siehst, habe ich weder Kosten noch Mühen gescheut.«

»Was machst du denn hier?«

»Na was wohl? Das was alle hier machen! Urlaub! Mit meinen Kumpels. Mein Timer hat mich daran erinnert, dass du heute Geburtstag hast. Und da ich schon mal hier bin, wollte ich dir natürlich persönlich gratulieren. Lass dich drücken, mein Schatz.« Mit ausgestreckten Armen machte er einen Schritt auf mich zu und tat so, als wäre es das Normalste der Welt.

Geistesgegenwärtig kam Hanne mir zu Hilfe. »Junger Mann, sie müssen sich in der Tür geirrt haben. Eine Marie gibt es hier nicht.«

Augenblicklich wurde es mucksmäuschenstill. Es schien auch Doro und Ida ungemein zu interessieren, was hier vor sich ging. Sie stellten sich schützend hinter mich und Ida fragte: »Ist das etwa dein Ex?«

»Der, der sich kurz vor der Hochzeit umentschieden und dir den Möbelwagen vor die Tür gestellt hat? Damit du möglichst schnell verschwunden bist?« Doro wusste noch jede Einzelheit, die ich ausgeplaudert hatte.

»Mädels«, setzte Lucas mit einem charmanten Augenzwinkern an. »Mädels, wollt ihr mich denn nicht zu euch hereinbitten und mich mitfeiern lassen? Ich habe etwas Wichtiges mitzuteilen.«

»Ach, und das wäre?«, fragte eine männliche Stimme draußen, die ich sehr gut kannte.

Leon schob Lucas beiseite und nahm mich fest und

mit heißem Verführerblick so in den Arm, dass mir fast schwindelig wurde.

»Das ist doch nicht etwa dein Verlobter, dein Sven?«, fragte Leon und taxierte den Gratulanten auf der Türschwelle.

»Nein!!!«, kreischte ich hysterisch. »Das ist Lucas! Der Mann den ich, Gott sei Dank, nicht geheiratet habe!«, stellte ich klar. »Schön, dass du da bist, Leon!«

»Du – bist – verlobt?« Lucas stand da, wie vom Donner gerührt und wusste anscheinend nicht, was er sagen sollte.

»Richtig gut siehst du aus, Marie!« Anerkennend pfiff er durch die Zähne. Versuchte Lucas tatsächlich, sich wieder bei mir einzuschleimen? »Marie, ich muss dir etwas Wichtiges sagen. Bitte!«

Langsam löste ich mich aus der Schockstarre und musterte den Mann, den ich einmal geliebt hatte. In mir regte sich nichts. Kein Gefühl. Keine Wut. Kein Ärger. Kein Bedauern, absolut nichts. Der Mann, der mir ein flaches Päckchen entgegenhielt und nervös auf den Zehenspitzen wippte, er war mir egal, vollkommen gleichgültig. Und es interessierte mich nicht die Bohne, was er auf dem Herzen hatte.

»Du kannst das ruhig hier im Beisein meiner Freunde sagen, wenn es dir so wichtig ist.« Aufmunternd sah ich ihn an und fragte mich, was ich an diesem Mann jemals gefunden hatte. Wie ich mich überhaupt in ihn verlieben konnte. So, wie er jetzt vor mir stand, war von seiner überheblichen Selbstsicherheit, die er sonst an den Tag legte, nichts mehr zu erkennen.

»Marie ... Ich, ich wollte dich fragen, ob wir beide ...?«

Er hüstelte und räusperte sich. »Kann ich nicht auf 'nen Sprung reinkommen und unter vier Augen mit dir sprechen?«

Unbewusst nickte ich und ließ ihn, großzügig wie ich an meinem Ehrentag war, ins Wohnzimmer eintreten. Sollte er ruhig mit eigenen Augen sehen, wie gut es mir ging und wie ich lebte.

»Nee, nicht?« Mir schwante, was jetzt kommen würde. »Du bist wieder Single? Und du glaubst wirklich, du kannst einfach wieder herkommen und so tun, als ob nichts gewesen wäre?«

Lucas nickte zaghaft. Volltreffer!

»Weißt du Marie, das damals, das war dumm von mir. Das war der größte Fehler meines Lebens, den ich jeden Tag bitter bereue. Leider zu spät habe ich gemerkt, wieviel du mir bedeutet hast. Du bist die Frau, mit der ich immer leben wollte. Mit dir war alles viel einfacher und unkomplizierter. Aber das habe ich erst gemerkt, als Bianca ständig alles ausdiskutieren musste. Immer wollte sie das letzte Wort haben, und wenn ich nicht so spurte, wie sie wollte, dann konnte ich im Gästezimmer schlafen. Marie, du bist die einzig Richtige für mich. Und ich schwöre dir, ich lerne das noch mit der Romantik. Bitte Marie, gib mir eine Chance!«, beendete Lucas sein Plädoyer.

»Wow! Ich bin beeindruckt. Was für eine schöne Rede! Aber du hast etwas nicht einkalkuliert ...«, sagte ich, legte eine kunstvolle Pause ein und ließ ihn zappeln.

»Wie? Was habe ich denn vergessen?« Er hatte wirklich keinen Schimmer.

»Lucas, du hast den Zeitfaktor vergessen. Im Gegensatz zu dir, habe ich mich weiterentwickelt. Ich bin nicht mehr die, die ich einmal war, mit der du umspringen konntest, wie es dir passt. Deine Erkenntnisse kommen zu spät.«

Meine Gäste nahm ich überhaupt nicht mehr wahr. Sie stärkten mir allein durch ihre Anwesenheit den Rücken, sodass ich Lucas all das sagte, was ich ihm schon immer einmal sagen wollte.

»Sag mal Lucas, was glaubst du eigentlich, wer du bist? Du hast deine Chance gehabt! Mir ist klargeworden, dass unsere Trennung das Beste war, was mir jemals passieren konnte. Wenn du mich nicht so eiskalt abserviert hättest, wäre ich niemals auf dieser wundervollen Insel gelandet. Hier ist jetzt mein Zuhause und hier bleibe ich. Und meinen Mr. Right habe ich auch getroffen. Sven und ich, wir wussten vom ersten Augenblick an, dass wir zueinander gehören und uns nichts mehr trennen kann.«

Das stimmte nicht so ganz, genau genommen war es Liebe auf den zweiten Blick, doch das musste ich Lucas nicht auf die Nase binden.

»Und meinen Mr. Right werde ich noch in diesem Mai heiraten!«

Ein Raunen ging durch den Raum, als ich mit dem Termin auftrumpfte. Das sollte eigentlich mein Geheimnis bleiben.

Meinem Ex entglitten die Gesichtszüge. Jetzt tat er mir fast ein bisschen leid.

»Weißt du Lucas, ich wünsche dir wirklich alles Gute. Wir beide hatten unsere Zeit. Aber die ist ein für alle Mal vorbei. Und außerdem: Wir zwei haben nie zueinander gepasst. Lass es dir gut gehen, finde ein Mädchen und werde glücklich mit ihr.«

Vollkommen ruhig und emotionslos sagte ich ihm das. Nicht mal eine winzig kleine Träne machte sich in meinen Augen bemerkbar. Ich wunderte mich über mich selbst.

»Schade! Es tut mir so unendlich leid. Bitte verzeih mir Marie.«

»Entschuldigung angenommen!«, sagte ich großzügig. »Ich habe dir längst verziehen.«

Für einen Moment fühlte ich einen Lufthauch in meinem Gesicht, wie an jenem Tag, als ich trotz Höhenangst auf den Leuchtturm gestiegen war und den ›Bad Wishes für Lucas‹ nachgesehen hatte, die in alle Himmelsrichtungen davonflogen. Alle Gemeinheiten, die ich meinem Ex an den Hals wünschte, hatte ich auf kleine Zettelchen geschrieben und gut verwahrt. Doch dann spürte ich mit einem Mal, dass meine Wut sich in Luft aufgelöst hatte und dass Lucas mir nichts mehr bedeutete. Ich fühlte mich großartig, als ich da oben stand und ihm sogar alles Gute wünschen konnte.

Lucas bewahrte Haltung, das musste man ihm lassen. Er schluckte, drehte sich um und prallte im Hinausgehen frontal mit Gretje zusammen. Piet rettete im letzten Moment die Torte.

»Wat is dat denn für'n stürmischen jungen Mann? Wieder einer, der vor dir flüchten muss?« Gretje zwinkerte schelmisch. Sollte ich ihr etwa wieder einen Schein zustecken, damit sie kein dummes Zeug erzählte?

»Herzlichen Glückwunsch, mien Mädchen, wie jung biste denn nun geworden?«

»Fünfunddreißig!« Die kleine alte Frau nahm mich in den Arm und drückte mich. »Und du? Wie alt bist du eigentlich?«, rutschte es mir heraus, als sie mich wieder losließ. Sie grinste von einem Ohr zum anderen, die Lachfältchen zogen sich dabei so zusammen, dass man ihre Augen kaum noch sehen konnte.

»Jede Frau sollte ein kleines Geheimnis haben«, kicherte sie und verlangte nach ihren Fittaminen. Die brauchte sie nach der langen Reise ganz dringend.

Leon versprühte seinen unwiderstehlichen Charme gleichmäßig auf die anwesenden Frauen, Gretje nicht ausgenommen. Er rückte ihr einen Stuhl zurecht, schenkte der alten Dame Tee ein, den ich eigens für sie aufgesetzt hatte und nickte Piet freundlich zu, als er dessen befremdlichen Blick bemerkte.

Gretje übernahm die Regie, sobald sie saß. Alles hatte auf ihr Kommando zu hören. Sie prostete mir zu und Piet schnitt die Friesentorte an. Süßes Pflaumenmus quoll zwischen den Böden und der Sahne hervor, als er ungefragt jedem von uns ein Stück auf den Teller lud. Gretjes Backkünste wurden von allen Seiten gelobt und sie strahlte und leuchtete, wie der Leuchtturm auf Norderney.

»Sag mal, hab ich dat richtig gehört, dat du dein *heißes Eisen* nu heiraten willst? Wo haste den denn heute versteckt? Haste den ans Bett gefesselt?«

Suchend blickte sie sich um und amüsierte sich köstlich über ihren eigenen Witz. Die anderen Gäste meiner Geburtstagsgesellschaft sahen mich verstört an. Hanne Neumann errötete sanft und rührte in ihrem Kaffee.

Doro kicherte kindisch, Ida schnalzte mit der Zunge und lehnte sich mit verschränkten Armen zurück. In Leons Augen tanzten kleine Teufelchen, als er vorschlug: »Wir sollten unbedingt mal nachsehen.«

Am liebsten hätte ich Gretje unterm Tisch einen Tritt ans Schienbein verpasst, aber sie genoss den Altersbonus, außerdem hielt mich meine gute Erziehung davon ab. Wieder konnte ich etwas auf meinem Gute-Taten-Konto verbuchen. Also setzte ich mein unschuldiges Mädchen-lächeln auf, zog unbemerkt einen Geldschein aus meiner Hosentasche und steckte ihn Gretje heimlich zu, als sie aufstehen und nachsehen wollte. Sanddornlikör war für Gretje heute gestrichen!

Murrend setzte sie sich wieder auf ihren Platz und fing in schönster ostfriesischer Mundart einen Klönschnack mit Trude an. Von dem ganzen Gesabbel verstand ich so gut wie gar nichts. Aber Piet! Er unterbrach die beiden und fragte scheinheilig: »Sag mal Gretje, warst du schon wieder im Internet, im Scheu-Club?«

»Oh Mann! Piet, dat geht doch keinen wat an.«

»Scheu-Club? Was ist das denn?«, fragten Ida und Hinnerk gleichzeitig.

»Na Kinners, dat is so ein Club im Internet, da kann man Männer und Frauen kennenlernen und ohne jegliche Scheu über dat Liebesleben schnacken.« Gretje kicherte verhalten, dann platzte es aus ihr heraus: »Sex!!!« Sie machte eine Pause und ergänzte: »Da sind auch Fotos drin. Zum Angucken. Junge, Junge, Junge!«

»Scheu-Club? Das muss ich gleich mal googeln.« Hanne machte große Augen, hektische Flecken zeigten sich an ihrem Hals.

»Wirf deine Scheu über Bord, hier im Club ist der richtige Ort! Dat steht oben drüber.«

»Mensch Gretje, wie oft hab ich dir schon gesagt, dat is nur was für jüngere Leute«, schimpfte Piet, der von diesen Internetaktivitäten seiner Gretje offensichtlich nicht begeistert war.

»Schnickschnack! Für sowas is man nie zu alt. Die machen da Sachen, dat hab ich noch nich gewusst. Du willst ja wohl nich, dat ich dumm sterbe? Nich Piet?«

Ida lauschte interessiert mit roten Ohren und verschwand mit Hanne in die Küche. Leon folgte den beiden. Er nahm die Tassen mit und meinte, er wolle beim Abräumen behilflich sein. Seine Hilfsbereitschaft überraschte mich nicht, das war nur ein Vorwand, dafür kannte ich ihn zu gut.

Durch die angelehnte Tür hörte ich, wie er sagte: »Na, ihr zwei Hübschen, neugierig geworden? Die Seite von dem Club will ich euch gern mal zeigen.« Dann buchstabierte er die korrekte Schreibweise, woraufhin lautes Gelächter ausbrach.

Interessiert waren die Mädels auf alle Fälle. Das alberne Gegacker verstummte nach und nach, stattdessen hörten wir jetzt »Ah!« und »Oh!« und danach andächtiges Schweigen.

»Für den Fall, dass eine von euch mal über ihr Liebesleben schnacken will, stelle ich mich gern zur Verfügung. Selbstverständlich theoretisch *und* praktisch, ich bin Experte auf dem Gebiet. Es gibt keine Frage, die ich nicht beantworten kann. Und peinliche oder dumme Fragen gibt es sowieso nicht. Julie kann das bestätigen.« Mein lieber Freund Leon zeigte sich von seiner besten Seite.

Doro schwirrte jetzt auch ab in die Küche, gefolgt von Hinnerk, der sich immer für dieses Thema erwärmen konnte. Amüsiert lauschte ich, wie Leon seine Qualitäten anpries.

Ich wäre gern hinterhergelaufen, aber ich konnte meine anderen Gäste nicht im Stich lassen. In trauter Runde mit Gretje, Trude und Piet nahm ich ein weiteres Stück Friesentorte. Bei jedem Bissen schaute ich auf mein Handy, neben meinem Teller.

»Hat sich dat *heiße Eisen* immer noch nich gemeldet?« Mit ihrer Bemerkung hatte Gretje den Nagel auf den Kopf getroffen. »Wat hat er denn für 'ne Ausrede, wenn er nicht mal an deinem Geburtstag bei dir sein kann? Dat hätte mein Freddy nicht mit mir machen dürfen.« Sie hob drohend den Zeigefinger. »Aber der is ja zur See gefahren. Dat is ja was ganz anderes.«

»Und mein Sven ist auf Klassenfahrt, zum Skilaufen in Österreich. Er kommt heute erst nach Hause, aber spätestens morgen Mittag ist er bei mir. Dann feiern wir noch einmal Geburtstag.«

»Na, die Ausrede kann man durchgehen lassen. Da musste dich nu wirklich nicht so ärgern. Heute is ja man dein großer Tag, da sollst du doch Spaß haben.«

»Aber er hat bis jetzt noch nicht einmal gratuliert. Nichts, keine Nachricht!«

»Wie? Der hat sich noch nicht gemeldet?«, rief Ida. »Das ist ja seltsam. Das sieht ihm überhaupt nicht ähnlich.«

»Nee, hat er nicht«, sagte ich traurig und zeigte Ida die Fotos, die er mir geschickt hatte, auch die mit den Mädels darauf. »Sieh dir das an! So etwas, das hat er mir geschickt. Das passt auch nicht zu ihm.«

Mein Smartphone machte die Runde und jeder gab seinen Senf dazu, bis Gretje sich aufsetzte und energisch an ihr Glas klopfte.

»Du Julie, du bist doch nu schon ein großes Mädchen. Wat wartest du denn noch lange? Stell ihn zur Rede. Ruf-ihn-an!«

»Das kann ich doch nicht machen, Gretje. Wie sieht das denn aus? Soll ich ihn anrufen und ihn bitten, mir gefälligst zum Geburtstag zu gratulieren?«

»Besondere Ereignisse erfordern besondere Maßnahmen«, mischte sich nun auch Trude ein.

»Stimmt! Genau! Nun mach schon! Zier dich nicht so! Ruf-ihn-an!«, riefen meine Freunde wie aus einem Munde.

»Wenn ihr meint. Aber vorher will ich Geschenke auspacken. Und wenn ich ihn anrufe, geht ihr mal ein bisschen vor die Tür und macht einen kleinen Spaziergang. Einverstanden?« Unter Protest wurde der Vorschlag angenommen.

Ich ließ mir Zeit mit dem Geschenkeauspacken. Leons Geschenk, ein dickes Notizbuch, kam als letztes zum Vorschein.

»Das ist ein Bullet-Journal. Man sagt auch Bujo dazu«, klärte er mich auf und gab mir die zugehörige Anleitung. *Damit du nicht mehr tausend To-do-Listen herumfliegen hast*, stand auf der Geburtstagskarte, die in dem Buch lag.

Von einem Bullet-Journal hatte ich schon mal gehört, was es aber genau damit auf sich hatte, war mir schleierhaft.

»Du bekommst natürlich auch eine kleine Einführung von mir, wenn du damit alleine nicht zurechtkommst«, bot er mir mit vielsagendem Blick an.

»Tolles Angebot! Kann sein, dass ich darauf zurück-komme. Hast du denn auch ein Bujo?«

Andächtig lauschte Gretje jedem Wort, das Leon sprach. Sie schmachtete ihn förmlich an und drehte sich einen Knoten in die Zunge, bei dem Versuch das Wort *Bullet-Journal* auszusprechen. Es kam etwas dabei raus, das sich anhörte wie *Bullen-Journal*. Und dann wollte sie wissen, ob die Polizei das bei einem Verhör so macht und ob die jungen Leute sich das da abgeguckt hätten.

»Nee Gretje. In das Heft zeichnet man seinen ganz persönlichen Kalender ein und dann gibt's noch Sei-ten für Geburtstage und für alle möglichen Listen. Da kommt alles rein was einem einfällt und sonst auf tau-send Zettelchen verteilt ist. Man kann auch noch Blüm-chen und so was reinmalen und seiner Fantasie freien Lauf lassen.«

»Jau! Dat macht denn man. Dat mach ich alles mit mein Ih-Fohn!« Das *Bullenjournal* interessierte sie nicht sonderlich. Gretje wartete ungeduldig darauf, dass ich Sven anrief.

»Und wie bist du nun auf die Idee mit dem Bullet-Journal gekommen?«, wiederholte Ida meine Frage. Leon hatte sie immer noch nicht beantwortet. Voller Begeisterung blätterte sie in der Anleitung.

»Och, man hört ja viel. Eine Patientin in der Klinik hatte mir davon vorgeschwärmt.«

»Aha! Und dann wolltest du es bestimmt einmal sehen, oder?«, bohrte ich nach, obwohl ich ahnte, was er zum Besten geben würde.

»Na ja, sie beschrieb das mit so viel Leidenschaft und versicherte mir, dass sie ihr Leben, seit sie ein Bujo führte, viel besser im Griff hätte. Nebenbei rutschte ihr heraus, dass sie Herzchen in die Tage malt, an denen sie bei mir zur Behandlung ist. Ist das nicht süß?«

»Sieh mal einer an. Und wie ging's dann weiter?« Doro hibbelte unruhig hin und her und schenkte noch mal nach.

»Also, was soll ich sagen. Es bestand akuter Handlungsbedarf! Sie brachte es zum nächsten Termin mit und offenbarte mir dabei ihr halbes Leben.«

»Und dann hast du ihr gezeigt, dass sie die Herzchen nicht vergebens hineingemalt hat, nicht wahr?«

Leon versuchte gar nicht erst, meinem Blick auszuweichen. In seinen dunklen Augen flackerte wieder dieser seltsame Glanz, dieses Funkeln, dem ich lange Zeit erlegen war. Ein leichtes Kribbeln packte mich immer noch, als er mich so intensiv ansah. Zum Glück war ich nicht mit ihm allein.

»Nun ja«, sagte er nach einer gefühlten Ewigkeit und lehnte sich zurück. »Ich habe ihr gezeigt, wohin man noch überall Herzchen malen kann. Nicht nur auf dem Papier. Und sie war so dankbar und ließ sich von mir alles, wirklich *alles* zeigen. Diese junge Frau war eine wunderbare und gelehrige Schülerin.« Leon verdrehte die Augen gen Himmel und seufzte. Nur noch das Ticken der Uhr war zu hören. Selbst Hinnerk und Piet hingen an seinen Lippen und in ihren Gesichtern las ich die Frage, was Leon mit *wirklich alles* gemeint haben könnte.

»Hört! Hört!«

»Also Julie, mein Angebot steht. Du musst dich nur melden, wenn ich dir das zeigen soll.«

146

»Würdest du mir das auch zeigen?«, flüsterte Ida zaghaft. »Solange du noch auf der Insel bist?«

»Natürlich! Wenn du mich so lieb bittest. Aber nur, wenn ich zur Belohnung einen Sanddornhappen aus deiner Hand naschen darf. Du bist doch die Sanddornqueen? Die Ida mit dem Laden?«

Ida kicherte verhalten. »Das hast du aber schön gesagt. Einen Sanddornhappen sollst du auf alle Fälle dafür bekommen! Versprochen!«, säuselte sie. Was ging da denn gerade ab? So hatte ich Ida noch nie erlebt.

»Habe ich euch eigentlich schon gesagt, dass ich ab nächsten Monat hier auf der Insel angestellt bin? Als Strandmasseur?«

»Echt?« Alle Blicke flogen ihm zu. Hanne Neumann fand als Erste die Sprache wieder. »Dann möchte ich jetzt schon einen Termin bei dir anmelden!«, sagte sie und hatte wohl ihren ganzen Mut zusammengenommen.

»Hast du auf der Insel denn schon eine Unterkunft gefunden?«, fragte Ida und ich fragte mich, ob sie ihn etwa als Untermieter bei sich aufnehmen wollte.

»Aber sicher.« Leon erzählte, dass er ein sehr schönes, frisch renoviertes Zimmer zu einem super Mietpreis gefunden hatte.

»Der Vermieter sieht echt aus wie ein alter Seebär. Richtig brummig, aber sonst gut drauf. Onno Fokken. Wohnt gleich hier um die Ecke.«

»Ach Onno! Den kenne ich. Von dem habe ich einen wunderschönen alten Spiegel geschenkt bekommen. Eigentlich sollte der auf den Sperrmüll«, erzählte ich, verkniff mir aber die Frage, ob er ihn mal sehen wollte. In unserem Schlafzimmer hatte außer Sven niemand etwas zu suchen. Die Sache mit dem schönen Gustavo saß mir immer noch in den Knochen.

»Dat is man wirklich 'nen Ding! Dat is auch mein Gastgeber hier. Der olle Onno!« Gretje seufzte. »Dat war der beste Kumpel von mien Freddy. Ich hab den geguckelt und dann hab ich ihm 'nen Selbie geschickt, damit er sich an mich erinnert. ›Meine kleine Gretje‹, hat er gesagt, ›du kannst immer bei mir wohnen, auch umsonst.‹ Jau, da haben Piet und ich uns nu erstmal einquartiert.«

»Dann kommt ja endlich wieder Leben in seine Bude«, stellte ich fest und erzählte von meinem Besuch bei ihm. »Er ist ein bisschen komisch, aber er hat das Herz auf dem rechten Fleck.«

Nachdem das nun auch geklärt war, fand ich keine Ausrede mehr, um mich vor dem Anruf bei Sven zu drücken. Mein Chatzchen hatte sich immer noch nicht gemeldet. So ging das wirklich nicht! Ich erinnerte an den Spaziergang und scheuchte meine Gäste nach draußen. Nur Gretje weigerte sich. Sie hatte plötzlich Rücken.

***

»Nu zier dich man nich so!«

Gretje hatte gut reden. Nebenan in der Küche wählte ich Svens Nummer und horchte in die Leitung. Es dauerte Ewigkeiten, bis das Freizeichen rausging und die Verbindung aufgebaut wurde. Ein ohrenbetäubendes Rauschen folgte, es knackte und dann endlich kam ich durch. Sofort schimpfte ich los.

»He! Sven! Sag mal, hast du …« Ich wollte gerade richtig loswettern, als mir jemand ins Wort fiel.

»Psst! Ich frag ihn mal, ob er mit Ihnen sprechen will«, flüsterte eine weibliche Stimme mit leichtem Akzent. Es klang bayrisch oder österreichisch? »Mit wem spreche ich denn?«, fragte sie nun.

»Und mit wem spreche ich? Wer sind Sie überhaupt??? Ich habe mich doch nicht etwa verwählt? Ist das nicht die Nummer von Dr. Sven-Gabriel Arends?« Langsam zweifelte ich an mir selbst. Am Sanddornlikör oder am Prosecco konnte es nicht liegen. »Ich bin seine Verlobte! Und nun reichen Sie das Handy endlich weiter. Herr Arends kann doch wohl selbst sprechen!«

Im Hintergrund hörte ich, wie sie mit ihm flüsterte. Dann fragte sie:

»Sind Sie Julie Sommer?«

»Ja, Herr Gott nochmal!«

Meine Geduld hing an einem seidenen Faden. Gretje steckte schon den Kopf durch die Tür.

»Nu brüll mal nicht so. Wat is denn los?«

Ich blitzte sie ärgerlich an, auch wenn sie nichts dafür konnte.

»Er hat genickt, er will Sie sprechen.«

»Das wäre ja auch wohl noch schöner!

»Und zu Ihrer Beruhigung, ich bin Schwester Reni. Unfallchirurgie. Herr Arends ist noch sehr schwach.« Man merkte, dass sie sich große Mühe gab, Hochdeutsch zu sprechen.

»Waaas? Unfall?« Meine Stimme überschlug sich und mein Herz setzte ein paar Takte aus. Geistesgegenwärtig schob Gretje mir einen Stuhl unter den Hintern.

»Was ist mit Sven? Er hatte einen Unfall? Wann denn? Wo ist er überhaupt?« Mir war schwummerig zumute und mit jedem Wort wurde ich lauter.

»Setzen's sich erst einmal. Und dann atmen Sie ganz ruhig und zählen bis fünf.« Widerstrebend befolgte ich die Anweisung von Schwester Reni. So wie die drauf war, würde sie glatt auflegen, wenn ich mich weiterhin so hysterisch verhielt.

»Herr Arends ist gestern Abend bei uns im Hospital eingeliefert worden. Typischer Skiunfall. Oberarmfraktur rechts.«

»Nein! Das glaube ich jetzt nicht. Wie konnte das denn passieren? Er ist ein erfahrener Skilehrer!«

»Nu regen's sich mal nicht so auf. Das wird schon wieder. Er hat verdammt viel Glück gehabt.«

»Oh mein Gott!«

»Dem können's wirklich danken! Ich reiche das Handy jetzt weiter.« Wieder hörte ich Schwester Reni flüstern und dann endlich hatte ich Sven am Ohr.

»Julie, Liebes!«, sagte er mit gebrochener Stimme, leise stöhnend. »Herzlichen Glückwunsch zu deinem Geburtstag. Verzeih mir bitte, dass ich nicht kommen kann, ich …«

Es tat so gut, seine Stimme zu hören, auch wenn sie noch so weit weg war und ich ihn kaum verstehen konnte. Er musste höllische Schmerzen haben.

»Svenny, du musst dich nicht entschuldigen. Hauptsache du wirst wieder gesund! Oh Sven, und ich hab schon gedacht …«

Ich mochte gar nicht daran denken, dass ich eifersüchtig auf eine Schülerin gewesen war und kam mir plötzlich furchtbar kindisch vor. Wie dumm von mir!

Gretje drückte mir ein Taschentuch in die Hand. Blütenweiß, gestärkt, mit feiner Spitze. Dass ich solch eine Kleinigkeit in dieser Situation überhaupt registrierte! Gretje hatte jedes Wort mitbekommen.

»Denn grüß mal dat *heiße Eisen* von mir. Is wohl mal wieder ans Bett gefesselt. Steht der da drauf?«

»Gretje!«, wies ich die alte Dame in scharfem Ton zurecht. Sven gab ein klägliches Lachen von sich, er hatte alles mitgehört.

»Sie hat ja Recht. Ich muss wohl oder übel noch ein paar Tage im Krankenhaus bleiben.« Abrupt polterte es, Sven ächzte gequält, aber die Verbindung blieb zum Glück bestehen. Schwester Reni rumorte am Krankenbett herum und gab mir weitere Informationen. Der Patient sei erschöpft. Der rechte Arm steckte in einem Gipsverband. Sein Handy mit links zu halten sei für ihren Patienten ungewohnt und überhaupt waren Telefonate sehr anstrengend und genau genommen vom Handy aus verboten.

»Machen's sich keine Sorgen. In ein paar Tag kann er wieder zurück nach Hause. Der wird schon wieder.« Das war ihr Schlusswort. Ich notierte die Festnetznummer und die Zeiten, wann ich anrufen durfte. Und Geduld sollte ich haben, wenn er nicht sofort dranging.

»Nein! Nicht noch einmal«, murmelte ich vor mich hin. Vor meinem geistigen Auge knipste jemand den Film meiner geplatzten Hochzeit an. Wieder einmal sah ich die Szene vor mir: Mein Traumkleid, die Brautschuhe, die schönen Einladungen, die wir versandt hatten, den Möbelwagen vor dem Haus und Lucas' letzte Worte, als ich ging.

»Neiiiiin!« Mein Schrei gellte durchs ganze Haus, kraftlos sackte ich in mich zusammen.

Als meine Geburtstagsgäste in Feierlaune hereinpolterten, gaben wir sicherlich ein schönes Bild ab. Gretje hielt mich in den Armen, drückte mich an ihren stattlichen Busen, strich mir sanft über den Rücken und redete in einem ostfriesischen Kauderwelsch auf mich ein, von dem ich nichts verstand.

Die Vergangenheit knallte mir an diesem Tag mit solcher Wucht um die Ohren, dass ich den Boden unter den Füßen verlor. Gretjes Taschentuch war längst durchgeweicht von meinen Tränen, die überhaupt nicht mehr versiegen wollten. Ida löste Gretje ab und nahm mich in den Arm, sie zitterte am ganzen Körper. Das Schlimmste befürchtend fragte sie: »Was ist mit Sven? Ist er …?« Verständnislos sah ich in ihre vor Angst geweiteten Augen. »Tot …?«, flüsterte sie kaum hörbar und wurde von neuen Schluchzern geschüttelt.

Wie vom Blitz getroffen zuckte ich bei dem Wort zusammen. Lautstark schniefte ich ein letztes Mal und erzählte stockend, was geschehen war.

Idas Reaktion, ihre grenzenlose Erleichterung, ihr Aufatmen ging mir durch und durch, erst jetzt wurde mir bewusst, welch einen Schrecken ich ihr eingejagt hatte. Mein Gott, was musste die Ärmste gerade durchgemacht haben?

»Entschuldige. Ich hatte wohl ein Blackout, so was wie ein Déjà-vu. Ich …, ich …« Wieder fing ich an zu schluchzen. »Ich hab nur solche Angst, dass meine Hochzeit noch einmal ausfällt.«

»Nun mach aber mal 'nen Punkt, Julie. Mit einem

Armbruch kann man immer noch heiraten, zumindest wenn er nicht furchtbar kompliziert ist. Den Ring wirst du ihm noch anstecken können. Sie werden ihm wohl nicht die Finger eingegipst haben.« Trudes Logik überzeugte mich. Doch meine Geburtstagsstimmung war dahin, die Party beendet und ich fühlte mich wie um Jahre gealtert.

14. Kapitel

S ven blieb nur ein paar Tage in der Unfallklinik in Österreich und wir telefonierten täglich miteinander. Ich erzählte von den kleinen Freuden und Ärgernissen meines Alltags und versuchte, ihn aufzuheitern. Es gelang mir aber nicht wirklich. Immer wenn ich den Hörer aufgelegt hatte, blieb ein komisches Gefühl zurück. Mein Eindruck war, dass ihn etwas bedrückte. Die Leichtigkeit, die ihn normalerweise umgab, war wie weggeblasen und er wich mir aus, wenn ich ihn fragte, wie es zu dem Unfall gekommen war. Es musste dabei etwas vorgefallen sein, das ich nicht wissen sollte. Klar war nur, dass es sich um einen Dienstunfall handelte.

Franky bewies in dieser Situation, dass er ein wahrer Freund war. Aber nicht nur das, er war auch Svens Hausarzt, der ihm in einer schweren Zeit schon einmal beigestanden hatte. Frank organisierte Svens Krankentransport für die Rückfahrt, und leitete alles Weitere in die Wege.

Am liebsten wäre ich sofort zu ihm gefahren, als er wieder zuhause in Meppen war. Es tat mir in der Seele weh, dass ich nicht spontan ein oder zwei Tage freinehmen konnte. Wenn ich auf dem Festland arbeiten würde, hätte ich mich krankgemeldet und einen Tag blaugemacht. Aber hier? Das war unmöglich.

Die Osterurlauber bevölkerten die Insel, die Hauptsaison war angebrochen und unsere Abteilung war dicht mit Terminen. Obwohl Trude meinen Verlobten vergötterte, konnte sie mir keinen freien Tag genehmigen.

»So leid mir das mit Sven tut, aber wir brauchen im Moment jede Hand, Julie. Du siehst doch selber, was hier los ist. An den Ostertagen hast du planmäßig frei, dann kannst du ja zu ihm fahren.« Trude faltete mal wieder Handtücher. Sie bedauerte zutiefst, dass sie mir nichts anderes sagen konnte, aber sie hatte Anweisungen von oben.

Um mich von meinen Grübeleien abzulenken, widmete ich mich meinem Bullet-Journal und übertrug akribisch sämtliche To-do-Listen. Das Zeichnen und Schreiben übte eine meditative Wirkung auf mich aus, ich kam ein wenig runter und meine Ängste traten in den Hintergrund. Doch abends, wenn ich allein in unserem schönen großen Bett lag, überfiel mich kurz vorm Einschlafen diese bekloppte Angst und verfolgte mich bis in meine Träume.

Seit Wochen hatte ich mich darauf gefreut, mit Sven zum Osterfeuer zu gehen, dem Eiertrullern zuzusehen, Freunde zu treffen und die freien Tage zu verbummeln. Ich wollte mit ihm über unsere Hochzeit reden und Zukunftspläne schmieden, noch einmal mit ihm zum Wrack laufen und in seinen Armen einschlafen. All das fiel jetzt leider flach.

Am Karfreitag traf ich mich mit Doro an der Milchbar. Auf der Terrasse standen jetzt wieder die Tische und Bänke und wie immer drängten sich die Urlauber an dieser Location, um den Sonnenuntergang zu feiern. Freudestrahlend erzählte sie mir, dass ihr Franky morgen früh schon mit der ersten Fähre auf die Insel kommen wollte.

»Schön für dich. Dann laufe ich ihm ja wahrscheinlich über den Weg, wenn ich aufs Festland rüberfahre.«

»Nee. Pass auf, das musst du gar nicht. Frank will Sven morgen mitbringen. Dein Svenny ist ja dann unter ärztlicher Aufsicht und darf somit die Feiertage hier verbringen. Franky hat angedeutet, dass sein ihm Freund momentan gar nicht gefällt. Der Unfall hat ihm wohl sehr zugesetzt.«

»Ach wirklich? Warum hat Sven mir denn nicht erzählt, dass er morgen hierher kommt? Den Eindruck, dass er nicht gut drauf ist hab ich auch, er ist so komisch.«

»Du bist ja lustig. Würdest du denn gut drauf sein, wenn du mit 'nem Gipsarm rumlaufen müsstest? Und für alles Hilfe brauchst? Und wenn du Angst haben musst, dass du den Arm vielleicht nicht wieder richtig bewegen kannst? Franky sagt, dass Sven im nächsten Schuljahr mit Sicherheit keinen Sport unterrichten kann.«

»Das hat Franky dir erzählt?«

Ich schluckte trocken, mir gegenüber hatte er mit keiner Silbe etwas davon angedeutet.

»Oh verdammt! Jetzt habe ich mich verplappert. Ich sollte nicht mit dir darüber reden. Vergiss es! Oder tu zumindest so, als wenn du nichts weißt, wenn Franky dabei ist. Bitte!«

»Wieso sagt mir denn keiner was? Habe ich nicht ein

Recht zu erfahren, wie es um den Mann steht den ich liebe? Wie soll das denn dann weitergehen?« Schweigend saßen wir eine Weile nebeneinander. »Der einzige Trost ist, dass er morgen kommt. Hoffentlich kann ihn ein bisschen aufheitern. Ich werde ihn verwöhnen, er soll mal sehen, wie gut er es mit mir hat.«

»Na endlich kannst du wieder lachen.« Doro schob sich die Sonnenbrille auf die Nase und spendierte mir einen Sundowner. Ich weiß nicht, ob es an dem Cocktail lag, aber in dieser Nacht schlief ich zum ersten Mal seit meinem Geburtstag wieder durch.

Als Sven mit seinem eingegipsten Arm vor mir stand, wurde mir das Ausmaß des Skiunfalls erst richtig bewusst. Unbeholfen drückte er mich und versuchte mich zu trösten, als er mein unglückliches Gesicht sah. Mit einem schiefen Lächeln versicherte er mir, dass er bis Ende Mai garantiert wiederhergestellt wäre. Sehr überzeugend kam das allerdings nicht rüber, als er mir den weiteren Behandlungsverlauf schilderte. Er hatte zwar großes Glück gehabt, die Erstversorgung und die OP waren bestens verlaufen, aber eine Garantie, dass er die volle Beweglichkeit und Kraft wiedererlangen würde, wollte ihm kein Arzt geben.

»Willst du wirklich so einen alten Kerl, mein Mädchen, der sich nicht mehr richtig bewegen kann?«

»Sag mal Sven, weißt du eigentlich, was du da für einen Scheiß erzählst? Es ist doch kein komplizierter Bruch gewesen, die Heilungschancen stehen gut. Und wenn es auch ein oder zwei Jahre dauert, bis der Arm wieder ganz okay ist, dann ist das doch auch kein Beinbruch.«

Nun grinste er. Ich aber auch, als ich merkte, was ich da gerade gesagt hatte. Mit links nahm er mich fest in den Arm und küsste mich.

»Nein, ein Beinbruch ist es nicht. Und du schmeckst immer noch so wahnsinnig gut. Am liebsten möchte ich …«

»Worauf warten wir dann noch? Ich helfe dir gern beim Ausziehen.«

»Kommt nicht in Frage! Zuhause muss ich doch auch allein zurechtkommen, da hilft mir auch keiner!«, lehnte er mein Angebot entrüstet ab. Er konnte aber auch stur sein!

»Schon klar.«

»Ich hab's ja gleich gesagt, Spiegelscherben bringen Unglück!«

Peng! Wie versteinert blieb ich stehen. Wenn ich auch eben noch Lust gehabt hatte, mit ihm ins Bett zu gehen, war das schlagartig vorbei.

»Danke. Jetzt bin ich also schuld an deinem Pech? Ich glaub's ja wohl nicht. Die Hose kannst du dir gleich wieder anziehen. Vernaschen ist nicht.«

»Ach Julie«, bettelte er, »so habe ich es doch gar nicht gemeint. Das sollte ein Scherz sein.«

»Mein lieber Sven, das war kein bisschen witzig. Mit so blöden Scherzen musst du mir nicht kommen.«

»Entschuldige! Komm wieder her zu mir, lass mich dich fühlen. Ich brauche dich so sehr.«

Seine meerblauen Augen, aus denen Verzweiflung und Angst sprach, trafen mich bis ins Herz. Er kam mir vor wie ein verlassener Heuler, der auf dem Trockenen seinem Ende entgegensieht. Und ich betrachtete mich als seine Auffangstation. Ich würde ihn aufpäppeln und wieder fit machen, für ein Leben an meiner Seite.

»Glaubst du vielleicht, ich brauche dich nicht? Ich habe riesige Ängste und manchmal bekomme ich richtige Panikattacken, wenn ich mir vorstelle, dass unsere Hochzeit nicht stattfindet.«

»Hey! Ich bleibe für immer bei dir! Falls du mich noch willst.«

»Wie meinst du das denn?«

Er legte mir die Hand unters Kinn, sah mich ernst an und sagte: »Es gibt da etwas, das du wissen solltest und was mir momentan am meisten Sorgen macht.«

»Sven?« Mir kam es vor, als würde mir der Boden unter den Füßen weggezogen. »Wer ist sie?«, fragte ich tonlos.

»Julie!!! Was ist das denn für ein Quatsch! Wofür hältst du mich? Nein, nein, nein! Es gibt keine andere und es wird niemals eine andere geben. Ich sehe vielleicht nicht so aus, aber ich bin die treueste Seele, die man sich denken kann. Vertraust du mir denn immer noch nicht?«

»Was ist es denn dann?«, fragte ich verschämt. Wie konnte ich diesen dummen Gedanken nur aussprechen?

»Komm. Lass uns einen Kaffee trinken gehen und ein dickes Stück Kuchen essen und dann erzähle ich dir, was momentan alles schiefläuft.«

»Also, was ist los? Was hast du angestellt?«

»Ich habe gar nichts angestellt. Aber das wird von einigen anders gesehen. Besonders von einigen Schülerinnen und Schülern.«

»Wie? Was meinst du? Sven, du sprichst in Rätseln.«

»Dann muss ich mal etwas weiter ausholen«, sagte er. Ich legte meine Hand auf seinen Arm und nickte ihm zu.

»Fang mit dem Unfall an. Wie war das? Ich werde das Gefühl nicht los, dass es da etwas gibt, worüber du nicht sprechen willst.«

»Also … Es war an userm letzten Tag im Schnee und eine Abfahrt stand uns noch bevor. Wir hatten viel Spaß, das Wetter war super, also keine besonderen Vorkommnisse. Nur noch die eine Abfahrt, auf einer einfachen Piste. Ungefähr auf der Hälfte der Strecke blieb ich stehen. Ich wollte mich vergewissern, ob wir unsere Truppe beisammen hatten oder ob wir noch auf Nachzügler warten müssen. Tja, und dabei ist es passiert.«

»Was ist passiert?«

»Ich stand da, und ehe ich mich versah, raste jemand ungebremst in mich hinein. Das kam so überraschend, dass ich nicht mehr reagieren konnte und stürzte so blöd, dass … Na ja, den Rest weißt du ja. Im ersten Moment habe ich überhaupt nichts gemerkt, ich war für einen Moment bewusstlos. Die Skifahrerin war eine meiner Schülerinnen, die mich umgefahren hatte. Es sollte nur ein Spaß sein, hat sie gesagt, eine Wette.«

»Was denn für eine bescheuerte Wette?«

»Wart's ab. Ich hatte dir doch Fotos geschickt. Da war auch eins dabei, auf dem ich zwischen zwei Schülerinnen stehe, die mir einen Kuss auf die Wange drücken.«

»Ach das meinst du! Ich habe mich schon gefragt, wieso du mir solche Fotos schickst? Ich hab mich ziemlich darüber geärgert.«

»Pass auf. Die eine, die wie ein Model aussieht, die ist in mich reingefahren. Und als ich noch völlig benommen im Schnee lag, versuchte sie mich zu küssen. Mund-zu-Mund-Beatmung, nannte sie das. Ihre Freundin, die andere auf dem Foto, hat die Szene mit dem Handy festgehalten. Die Bilder kursieren nicht nur an der Schule, sondern auch auf Facebook und ich weiß nicht, wo noch überall. Auf der Fahrt hatten sie auch schon Fotos gemacht, auf denen ich mit Emily zu sehen bin. Wenn man sich mit Fotobearbeitung auskennt, kann man da so einiges draus machen. Auf ein paar Bildern könnte man wirklich meinen, wir wären ein Paar.«

»Krass! Aber das glaubt doch keiner, dass du mit einer Schülerin …? Oder, etwa doch?«

»Bilder sagen nun mal mehr als Worte! Mein Schulleiter ist natürlich auf meiner Seite und meine Kollegin Lina hat den Unfall Gott sei Dank mit ihrem Handy gefilmt.«

»Aber dann ist doch alles aufgeklärt. Das ist doch eindeutig, dass die Schülerin den Unfall verursacht hat. Dazu noch vorsätzlich! Wo ist jetzt das Problem?«

»Du sagst es. Emily streitet alles ab und will mir die Arschkarte zuschieben. Sie behauptet sogar, dass ich sie sexuell belästigt hätte. Schon seit Längerem.«

»Aber das ist doch ausgemachter Schwachsinn. Das würdest du doch niemals tun!«

»Das Mädchen ist zwanzig, sie könnte meine Tochter sein!!! Also wirklich!«

»Emilys Freundin rief mich vor ein paar Tagen an, als ich wieder zuhause war. Unter dem Siegel der Verschwiegenheit erzählte sie mir, dass Emily seit geraumer Zeit in mich verliebt ist. Besonders schlimm wurde es bei ihr, nachdem ich beim Friseur war. Sie hat mir dann auch von der Wette erzählt. Sag mal, wie bescheuert kann man in dem Alter eigentlich sein?«

»Und nun? Diese blöde Kuh, die muss man doch anzeigen. Das ist Rufmord!«

»Ach Julie, das macht alles nur noch schlimmer. Ich will dem Mädchen ja nicht die Zukunft verbauen. Sie ist nicht dumm, ihre Noten sind gut und sie steht erst am Anfang ihres Berufsweges.«

»Na und?«

»Nein, wir müssen einen anderen Weg finden. Ich weiß nur noch nicht wie. Letzte Woche hat mich mein Chef zuhause besucht und mir von den Gerüchten, die im Umlauf sind, erzählt. An der Schule nimmt mich doch jetzt von den Schülern keiner mehr ernst. Mein Boss ist der einzige, der die ganze Wahrheit kennt. Wenn ich bloß wüsste, was ich tun soll.«

»Ach Svenny, erstmal musst du wieder gesund werden. Warum hast du denn nicht mit mir darüber gesprochen? Wir haben doch ständig miteinander telefoniert.«

»Ich wollte dich nicht damit belasten«, sagte er kleinlaut.

»Das sehe ich aber etwas anders. Ich denke, dass man mit seinem Partner auch über Sorgen und Ängste sprechen sollte. Du kannst doch nicht immer alles mit dir alleine ausmachen! Das hält doch kein Mensch aus.«

Betreten sah er mich an und begründete es damit, dass er wohl verlernt hätte, über die Dinge zu sprechen, die ihn bewegten. Es wurde höchste Zeit, dass sich das änderte.

»Wir sind doch füreinander da.«

»Jedenfalls bin ich froh, dass du es jetzt weißt. Ich hatte insgeheim befürchtet, dass du mir vielleicht nicht glauben würdest oder dass du eifersüchtig bist. Also, das könnte ich sogar verstehen.«

»Ich und eifersüchtig??? Auf so ein Kind? Boah! Da kennst du mich aber schlecht.« Den Funken Eifersucht, der sich zwischendurch bei mir gezeigt hatte, den hatte ich längst vergessen. Ich war nicht eifersüchtig. Nie und nimmer!

Nach unserem kleinen Ausflug musste Sven sich erst einmal etwas ausruhen und sich ausstrecken. Ich leistete ihm dabei Gesellschaft und wir machten es uns im Bett kuschelig, soweit das mit seinem Arm möglich war. Wir brauchten beide die Nähe des anderen.

Im ersten Augenblick war ich begeistert, als er mir davon erzählte, dass er vor den Sommerferien mit Sicherheit nicht mehr unterrichten würde. Dann hatten wir endlich ganz viel Zeit für uns und konnten uns wirklich gut kennenlernen. Doch wie es danach weiterging, stand noch in den Sternen.

»Siehst du, es hat auch was Gutes. Dann können wir alles in Ruhe angehen und wir haben überhaupt keinen Stress. Vier Monate zusammenleben, das ist doch cool!«

»Freu dich mal nicht zu früh. Keine Ahnung, ob ich dann zur Reha muss oder was an Therapie noch alles auf mich zukommt. Außerdem musst du von morgens bis abends arbeiten, und ich muss mich den ganzen Tag langweilen und kann nichts machen.«

»Du Armer! Ich werde mir schon was gegen deine Langeweile einfallen lassen. Wirst schon sehen.«

15. Kapitel

Wenn meine Brüder unausstehlich waren und sich langweilten, sagte Oma Melli immer zu meiner Mutter: »Gib den Jungs was zu tun. Die brauchen eine Aufgabe.«

Ich musste mir also was einfallen lassen für *meinen großen Jungen* und ihn beschäftigen. Spontan fielen mir nur ein paar Kleinigkeiten ein. Nach und nach würde ich ihm eine Beschäftigungstherapie unterjubeln. Einen Mann, der jammernd zuhause oder in der Sonne saß und sich bemitleidete, den konnte ich nun wirklich nicht brauchen.

Am Ostersonntag stürzten wir uns trotz Gipsarm in den Feiertagstrubel. An das Eiertrullern, bei dem ich als Kind gewesen war, konnte ich mich kaum noch erinnern. Da wollte ich unbedingt hin.

Wie nicht anders zu erwarten, war richtig viel los. Sven hätte einen Bodyguard brauchen können, aber mit einem Lächeln und in besonderen Fällen mit den Ellenbogen, bahnte ich uns einen Weg durch die Menge und passte auf, dass ihm niemand wehtat. Doro und Frank begleiteten uns und schirmten ihn ebenfalls ab.

Unterwegs kam Doro auf die glorreiche Idee, dass ich Gretje fragen sollte, ob die alte Dame nicht Lust hätte, für zwei oder drei Wochen nach Norderney zu kommen und Sven zu umsorgen.

Wenig später, ich hatte Gretje bunte Ostergrüße geschickt, schrieb sie mir schon. Zunächst erkundigte sie sich nach Sven und wollte wissen, ob sie mir bei diesem Notfall wieder behilflich sein sollte. Kurz und knapp teilte sie mit, wie gut es ihr auf Norderney gefallen hatte und dass sie unbedingt wiederkommen wollte.

Wat soll ich denn immer zu Hause, bei die ganzen ollen Leute? Bei euch ist wenigstens was los. Und der olle Onno hat extra für mich ein Gästezimmer reserviert. Auf Dauer. Wat sagste dazu? Meinst du, der hat auf seine alten Tage noch 'nen Auge auf mich geworfen?

Sieh mal einer an! Ob Piet das auch so verlockend fand? Gretje schickte noch einen weiteren Klönschnack hinterher und beantwortete damit meine Frage: Piet sollte in Rhauderfehn bleiben und ihr Haus in Ordnung halten.

An den Wochenenden will er rüberkommen. Meint wohl, dat er auf mich aufpassen muss, dat ich keine Dummheiten mache. So'n Quatsch! Mit dem ollen Onno? Denn schon lieber mit deinem Heißen Eisen. Kicher! Grins! Oder mit dem anderen Heißen Eisen, mit dem netten jungen Mann, der bei Onno wohnt.

Ich seh euch schon als richtig coole Wohngemeinschaft bei Onno Fokken, antwortete ich. *Gretje in einer WG mit dem Brummbären Onno und mit dem attraktiven Leon!*

Nu übertreib mal nich! Der Onno, der brummt gar nich immer, der kann auch schnurren. Er lässt mich für umsonst bei sich wohnen. Als Gegenleistung verlangt er ...«

An dieser Stelle war die Nachricht plötzlich weg. Natürlich wollte ich wissen, um was für eine Gegenleistung es sich handelte. Gretje hatte bestimmt den falschen Button gedrückt. Minutenlang tat sich nichts, aber ich kicherte wie eine Lachmöwe. Dann endlich traf die Fortsetzung von ihrem Klönschnack ein:

Nee Mädchen, nich dat, wat du schon wieder denkst!!!

Auch ohne sie zu sehen, wusste ich, dass sie den Kopf schüttelte und verschmitzt von einem Ohr zum anderen grinste. Diese urige Alte, irgendwie hatte ich sie in mein Herz geschlossen.

Der will, dat ich ihm jeden Tag wat Feines zu Essen mache. Männer, sag ich nur. Männer! Die Liebe geht durch den Magen!

Und seltsame Wege, fügte ich gedanklich hinzu. Ihr Hilfsangebot fand ich großartig, das war mein Rettungsanker. Ich schrieb, dass wir ihre Unterstützung mit Kusshand annehmen würden. *Sven wird begeistert sein,* setzte ich noch hinterher.

Nun musste ich mir nicht mehr den Kopf zerbrechen,

wie ich Job und Sven unter einen Hut bringen sollte. Gretje mit ihrer patenten und resoluten Art würde Sven zusammen mit mir wieder in die richtige Spur bringen.

Trude war völlig aus dem Häuschen, als Sven vorbeikam. Sofort verewigte sie sich auf seinem Gips, schickte mich in meine Kabine und zog sich mit ihm und einer Kanne Kaffee in den Wäscheraum zurück.

»Handtücher falten«, sagte sie und strahlte übers ganze Gesicht. Sven folgte ihr mit dem gleichen Gesichtsausdruck und ich fragte mich im Stillen, wie viele Handtücher sie bei dem Kaffeepäuschen wohl zusammenlegte. Als ich fertig war, hockten sie noch immer in der Wäschekammer.

Allerdings waren sie jetzt zu dritt. Leon lehnte lässig an dem Regal mit den apricotfarbenen Wellnesstüchern. Sie waren so in ihr Gespräch über Leons Wohngemeinschaft mit Onno vertieft, dass sie gar nicht merkten, dass ich in der Tür stand und das friedliche Miteinander schon eine Weile beobachtete.

»Bin ich eigentlich die Einzige, die hier arbeitet?«, fragte ich gespielt vorwurfsvoll. Die drei grinsten mich an und streichelten geschäftig das Frottee.

»Einer muss es ja tun«, erwiderte Trude und fing an, Leons Einarbeitungsplan zu erklären. Für die Strandmassagen war es noch zu früh im Jahr, deshalb sollte er erst einmal unser Team und unsere Arbeitsabläufe kennenlernen.

Leon stellte mir einen Kaffee hin, setzte sein frechstes Lächeln auf und meinte: »Jetzt weiß ich auch endlich, was dein Sven hat, das ich nicht habe.«

»Ach ja?« Verständnislos sah ich ihn an, dann blickte ich zu Sven und dann zu Trude. Ich hatte keine Ahnung, worauf er anspielte.

»Einen richtig schönen Gipsarm!«, verkündete Leon. Er hatte sich mit meinem Schatz offensichtlich gut unterhalten. Sven hatte ihm die Details seiner Fraktur in allen Einzelheiten erklärt. Mit fachmännischem Blick diagnostizierte Leon, dass es seiner Erfahrung nach mindestens ein Jahr dauern würde, bis er den Arm voll belasten könnte. Trude notierte für Sven Telefonnummern von Ärzten und Therapeuten der Insel, bei denen er für seine weitere Therapie in guten Händen wäre.«

Ich erzählte, dass Leon in seiner WG schon bald Verstärkung von Gretje bekommen sollte.

»Die reizende alte Dame von deinem Geburtstag?«, vergewisserte er sich.

»Genau die.«

»Wir werden garantiert viel Spaß miteinander haben. Die wird dem alten Griesgram schon Beine machen, aber eigentlich ist er gar nicht so schlimm.«

»Soll ich euch mal verraten, was Gretje dazu sagt, mit euch zwei Mannsbildern unter einem Dach zu leben?« Ich spielte Gretjes Klönschnack ab und wir lachten Tränen. Einer unserer Kunde steckte den Kopf in die Tür und fragte, ob alles in Ordnung ist und wies freundlich darauf hin, dass er schon seit fünf Minuten wartete. Ruckzuck scheuchte Trude uns an die Arbeit und Sven nach Hause. Sie hatte auch noch genug zu tun.

»Wenn du Feierabend hast, hole ich dich wieder ab,

mein Mädchen.« Sven hauchte mir einen leichten Kuss aufs Haar, dann gingen wir alle auseinander.

»Dein Sven ist wirklich ein netter Typ«, meinte Leon später. »Aber es wäre wirklich nicht nötig von ihm gewesen, mir zu demonstrieren, dass ihr zwei jetzt zusammen seid. Ich hab's auch so kapiert. Auch wenn ich es gern anders gehabt hätte.«

»Hör auf Leon, lass diese Anspielungen. Das mit uns ist nun mal vorbei.«

Theatralisch seufzte er und nuschelte, dass er sich in einsamen Momenten wünschte, irgendwann einmal eine Frau zu treffen, für die er alle anderen stehen lassen könnte.

»Und? Was sagst du zu Leon?«, fragte ich Sven, als er mich später abholte.

»Was soll ich dazu sagen? Er ist wirklich nett und hat Ahnung von seinem Job. Das muss man ihm lassen. Er weiß aber auch sehr gut, wie er Menschen für sich einnehmen kann.«

»Ja, das kann er. Er hat eine sehr gewinnende Art, besonders bei Frauen.«

»Das meine ich ja. Zu einnehmend.«

»Ach? Meinst du vielleicht, du hast ein Monopol darauf gepachtet?«, neckte ich ihn.

»Hm.« Sven murmelte etwas. »Jedenfalls werde ich niemals zu ihm zur Physiotherapie gehen. Auch wenn er auf der ganzen Insel der Beste sein sollte«, sagte er und packte seine Reisetasche.

»Muss ich das jetzt verstehen?«

»Wenn ich mir vorstelle, dass der dich unter seinen

Händen hatte und was er mit dir … Nein! Daran will ich nicht denken.«

»Sag mal, was wird das denn jetzt? Eifersucht? Oder witterst du in ihm immer noch Konkurrenz? Das ist doch albern!« Genervt ließ ich ihn mit seiner Tasche allein. Sollte der Einarmige seine Klamotten doch ohne mich einpacken. Ich hatte keine Lust, mir dieses alberne kindische Gehabe noch länger anzuhören. Das war ja der reinste Zickenkrieg. Von Sven erwartete ich ein bisschen mehr Gelassenheit. In seinem Alter musste er doch über diesen Dingen stehen.

»Julie! Komm zurück, so habe ich das doch gar nicht gemeint.« Mit links versuchte er ungeschickt, seine Tasche zu schließen.

»Du wirst damit leben müssen, dass Leon nach wie vor mein bester Freund ist. Und dass da mal was war, musst du wohl oder übel auch akzeptieren. Ich werde schließlich auch an allen Ecken und Enden mit deiner Vergangenheit und mit Charlotte konfrontiert. Allein, wenn du ihren Namen aussprichst, bekommst du immer noch diesen verklärten Blick, diese glänzenden Augen. Glaubst du es fällt mir leicht, immer wieder diesem Vergleich standhalten zu müssen? Und vor allen Dingen überall an sie erinnert zu werden und an die Tatsache, dass sie deine einzige und große Liebe gewesen ist?«

Verdammt! Das wollte ich überhaupt nicht sagen! Es brach einfach so aus mir heraus und nun kamen mir auch noch die Tränen. Ausgerechnet jetzt klingelte es und Frank stand mit dem Auto vor der Tür, um Sven abzuholen.

»Entschuldige Sven! So hab ich das gar nicht gemeint Es ist mir einfach so rausgerutscht.«

»Ich weiß«, sagte er traurig, küsste mir eine Träne von der Wange, griff zu seiner Tasche und ging zur Tür.

»Es ist für uns beide im Moment nicht so leicht. Ist vielleicht ganz gut so, wenn mal alles ausgesprochen wird.«

»Sven, bitte …«, stammelte ich und musste mitansehen, wie Franky seine Sachen ins Auto packte.

»Lass uns in aller Ruhe darüber reden, wenn ich wieder hier bin. Kannst mir bei der Gelegenheit dann auch alles andere um die Ohren hauen, was dich sonst noch an mir stört. Und mit unserem Termin, da müssen wir ja sowieso mal sehen.«

Franky spielte auch diesmal wieder Svens Chauffeur. Dafür bekam er von mir mehr als nur einen dicken Pluspunkt und ich vergaß, dass ich mich mal sehr über ihn geärgert hatte. Als ich Frank bat, beim nächsten Besuch einen Umweg über das ostfriesische Rhauderfehn zu machen und Gretje mitzubringen, war er sofort einverstanden.

»Klar. Ist doch selbstverständlich. Mein Auto ist groß genug, da passen auch zwei dicke Koffer rein.«

16. Kapitel

Leon sah mir sofort an, dass mit mir etwas nicht stimmte und sprach mich in der Pause darauf an. Doch er war ja wohl der Letzte, mit dem ich über meine Sorgen reden wollte. Ida kam als Einzige in Frage, der ich mich anvertrauen konnte, weil sie Sven gut genug kannte, um mir einen Rat geben zu können. Am nächsten Tag besuchte ich sie und schüttete ihr mein Herz aus. Dabei hoffte ich auf eine einfache Lösung meines Problems.

»Ach Kleines«, sagte sie mit mütterlichem Unterton und legte den Arm um mich. *Klein* fühlte ich mich seit meinem Gefühlsausbruch in der Tat. Und leer. »Das frage ich mich schon die ganze Zeit, wie du das schaffst, so unbefangen in Svens Wohnung zu leben. In den Räumen, in denen er mit Charly verliebt und glücklich zusammengelebt hatte und in der alles noch ihre Handschrift trägt. Ich weiß nicht, ob ich das könnte.«

Ida verstand mich, aber das war nur ein schwacher Trost.

»Ich glaube, ich habe das immer wieder verdrängt. Aber jetzt kann ich es nicht mehr länger ausblenden.« Ratlos starrte ich auf einen Sanddornhappen. »Vielleicht ist es ganz gut, dass ich Charlotte überhaupt nicht kannte. Sonst wäre es noch komplizierter.«

»Du wirst damit leben müssen, liebe Julie. Mit Charlotte und mit Svens Vergangenheit.«

Unwillkürlich lächelte ich, auch wenn mir nicht danach zumute war und griff zu der Praline. Ida hatte recht, mir blieb nichts anderes übrig, als im wahrsten Sinne des Wortes mit Charlotte zu leben. Mit ihrem Mann, mit den Möbeln, die sie ausgesucht hatte und mit dieser Liebe, die Svens Wohnung immer noch ausstrahlte.

»Genauso, wie Sven mit der Tatsache leben muss, dass es vor ihm auch schon andere Männer in deinem Leben gab. Für Svenny ist das bestimmt genauso schwierig. Und Leon, sein Vorgänger, lebt jetzt in deinem direkten Umfeld. Ihr lauft euch sogar täglich über den Weg.«

»Das ist es ja. Damit fing unser Streit ja an. Er sieht in ihm immer noch einen Rivalen.«

»Nicht zu Unrecht, oder? Leon ist ein verdammt heißer Typ und er mag dich immer noch sehr.«

»Meinst du?«, fragte ich, obwohl ich die Antwort bereits kannte.

Ida nickte, verdrehte die Augen und schwärmte mir vor, wie sie Leon einschätzte. »Der hat einfach was. Also, ich würde behaupten, das ist schon fast magisch. Ich möchte mal die Frau sehen, die sich ihm entziehen kann.«

»Oho! Was höre ich denn da raus? Du etwa auch nicht? Was ist denn mit deinem Bekannten?« Mein Bauchgefühl hatte mich also nicht getäuscht!

»Ach Julie!«, seufzte sie mit verträumten Blick.

***

Franky rollte samstagnachmittags vollbepackt von der Fähre. Alle Plätze in seinem Auto waren besetzt und der Kofferraum konnte das Gepäck kaum fassen. Sven, Gretje und Piet waren mit an Bord. Piet hatte sich in den Kopf gesetzt, dafür zu sorgen, dass Gretje anständig bei Onno Fokken unterkam.

Als Sven mit seinem halben Hausrat und unzähligen Aktenordnern wieder auf der Insel eintraf, war ich wie so oft in meinem Thalassotempel. Trotz Krankschreibung wollte er seine Kollegen nicht hängen lassen, falls sie ihn brauchten. Für seine Krankenunterlagen und die Röntgenbilder hatte er extra einen neuen Ordner angelegt, damit seiner weiteren Behandlung auf der Insel nichts im Weg stand. Frank und Doro packten beim Entladen tatkräftig mit an und verstauten alles dorthin, wo er es hinhaben wollte.

Vergnügt saßen die drei in der Küche bei einer ersten Lagebesprechung, als ich eintraf. Für einen Moment herrschte Schweigen und die ausgelassene Stimmung war wie weggeblasen. Sven wirkte müde und abgespannt. Mit dem Gipsarm konnte er nicht gut schlafen, hatte er mir am Telefon gesagt, ansonsten redeten wir immer schön um den heißen Brei herum. Aber es lag bestimmt nicht nur daran, dass er so mitgenommen aussah. Sein verhaltener Kuss, mit dem er mich begrüßte, änderte auch nichts an der Anspannung, die in der Luft lag und die auch Doro und Frank spürten. Wenige Minuten später verabschiedeten sich die Zwei.

»Danke euch, dass ihr euch so lieb um mich kümmert.«

»Da nicht für«, lachte Doro und ihr Gesichtsausdruck wechselte von heiter zu ernst. »Seht zu, dass ihr das wieder auf die Reihe kriegt. Ich will eure Inselhochzeit noch in diesem Jahr erleben.«

»Hat Sven dir alles erzählt?«

Franky nickte. »Ja, hat er. Ich kann nur sagen: Redet miteinander, anders wird das nichts. Zumindest diese Erfahrung habe ich aus meiner Ehe mitgenommen. Leider hatten wir es nicht geschafft, auch dann miteinander zu reden, wenn's unbequem war.« Doro nickte wissend und dann ließen sie mich mit Sven allein.

Als ich die Tür hinter unseren Freunden schloss und auf mein Handy schaute, entdeckte ich Gretjes Foto, das sie mir schon vor Stunden geschickt hatte. Es zeigte einen Sonnenuntergang wie von einer kitschigen Postkarte, vor dem Gretje mit einem Weinglas in der Hand posierte.

Wollte nur mal eben Moin sagen. Bin gut angekommen, mit Piet zusammen. Die Sonne is hier ganz anders. – Sitze vor der Milchbar mit Piet. Trinke aber keine Milch. Hihi! Dat is ja man voll hier!!! Kinners, Kinners! Kommt mal noch vorbei!

»Sieh mal, Gretje hat geschrieben. Sie vergnügt sich in der Milchbar und fragt, ob wir noch vorbeikommen. Was meinst du, Sven? Sollen wir? Hast du Lust?«, fragte ich zaghaft und zeigte Sven die Nachricht.

»Hmmm, können wir machen«, stimmte er zögerlich zu. »Aber erst muss ich dir was sagen, Julie.«

»Ja?«, fiepste ich. Mein Herz polterte in meiner Brust und in meinen Ohren sauste es dermaßen, dass ich meine eigene Stimme kaum hören konnte. Ich umklammerte die Tischkante, und ließ mich sicherheitshalber gleich auf einen Stuhl sinken. Nun war ich auf alles gefasst.

»He! Julie, was machst du denn für ein Gesicht?« Sven strich mir mit einer zärtlichen Geste eine Strähne aus der Stirn und wurde sehr ruhig, ehe er weiterredete. »Ich glaube, ich habe neulich ein bisschen überreagiert, als wir über Leon gesprochen haben. Wenn ich gewusst hätte, was für eine Lawine ich damit lostrete, dann hätte ich nichts gesagt. Das war wirklich nicht meine Absicht, das kannst du mir glauben.«

»Schon okay. Ich war auch nicht gut drauf«, murmelte ich zerknirscht.

»Kann ich verstehen. Ich habe in den letzten Tagen ständig über das nachgedacht, was du gesagt hast. Ich hatte ja keine Ahnung, wie das für dich ist, dass hier noch so viele Dinge von Charlotte stehen und du auf Schritt und Tritt mit ihr konfrontiert wirst. Darüber habe ich mir ehrlich gesagt nie Gedanken gemacht.«

»Es stört mich auch eigentlich nicht, aber … Ich weiß nicht, wie ich dir das erklären soll. Mir geht ständig dieser Satz durch den Kopf, bevor du gefahren bist.« Mit dem Ärmel wischte ich eine Träne weg und dann sprach ich das aus, wovor ich mich am meisten fürchtete. »Willst du wirklich all das, was zwischen uns gewesen ist, rückgängig machen? Meinst du, wir sollten uns lieber … trennen …?«

Entgeistert sah Sven mich an.

»Nein!!! Verdammt nochmal, das will ich überhaupt nicht! Auf gar keinen Fall!« Sven haute mit seinem Gipsarm auf den Tisch und sah mich mit schmerzverzerrtem

Gesicht, aber mit ganz viel Wärme in den Augen an. »Nein, mein Mädchen, das ist es nicht. Ich bin allerdings der Meinung ...« Es dauerte eine Weile, bis er weitersprach. »Wir sollten uns darüber im Klaren sein, dass wir beide eine Vergangenheit mitbringen. Vielleicht ist meine Zwangspause ja ein Wink des Schicksals. Es schenkt uns viel Zeit zum Kennenlernen, bevor wir uns auf das Abenteuer Ehe einlassen. Sieh es doch als eine Chance.«

Warm und fest lag Svens Hand auf meiner. Auf diese Hände, die mich vom ersten Augenblick an in ihren Bann gezogen hatten und auf diesen Mann wollte ich nicht mehr verzichten. Niemals!

»Und was wolltest du mir dann damit sagen, als du von *unserem Termin* gesprochen hast?« Langsam wurde ich ruhiger und rutschte ein wenig näher an meinen Liebsten heran.

»Was hältst du denn davon, wenn wir unseren Hochzeitstermin etwas nach hinten verschieben? In den Juli oder meinetwegen auch nach September? Du wolltest doch sowieso lieber im Sommer heiraten, wenn ich mich recht erinnere.«

Ich nickte stumm und sah zu, wie er redete.

»Du hast ja recht, vielleicht ist es wirklich Schicksal. Ist es nicht verrückt, dann bekomme ich doch noch meinem Wunschtermin? Vorausgesetzt, das Standesamt spielt mit. September wäre aber auch okay. Hauptsache wir beide spielen dann auch noch mit«, flüsterte ich, legte meine Hände um sein Gesicht, krabbelte mit den Fingern durch seinen dichten Bart, schloss die Augen und fühlte Svens Lippen auf meinem Mund.

»Wollten wir nicht noch zur Milchbar und nach Gretje und Piet schauen?«

Gretje und Piet trafen wir leider nicht mehr an. Schade, ich hatte mich so gefreut, die alten Leutchen auf einem Platz in der ersten Reihe zu entdecken. Wenn ich zwischendurch mal auf die Uhr oder auf mein Handy geschaut hätte, wäre das nicht passiert, denn inzwischen waren drei neue Nachrichten von ihr eingegangen. In der ersten schrieb sie, dass sie nun müde wäre und ins Bett muss. In der zweiten stellte sie die unverschämte Frage, ob mein *Heißes Eisen* mich heiß und plattgemacht hätte. Hat er dich gebügelt? So drückte sie sich aus. Sven schmunzelte, in seinen Augen sprühte wieder ein kleiner Funken Lebensfreude.

»Die Gute hat's wirklich faustdick hinter den Ohren«, kommentierte er. In ihrer letzten Nachricht schrieb sie kurz und bündig: *Morgen um drei bei Onno Fokken! Lagebesprechung!*

Hui! Automatisch richteten wir uns in den Loungepolstern kerzengerade auf. Das klang ja wie ein echter Befehl und ließ uns sofort strammstehen. Was in unserer lauschigen Umgebung verständlicherweise nur bedingt möglich war.

Mit einem knappen ›Jau!‹ antwortete ich und sagte zu. Gretje hatte Glück, denn ich hatte an diesem Sonntag frei. Trude machte das Unmögliche möglich und teilte meinen Dienst so ein, dass ich mich um Sven kümmern konnte. Sie war ein Schatz und ich bedachte sie dafür mit einer ganzen Reihe dicker Pluspunkte.

Wir chillten in den dicken Polstern noch ein Stündchen, rutschten immer näher zueinander, fühlten die Wärme des anderen und ließen den Abend ruhig ausklingen. Unsere Vertrautheit stellte sich langsam wieder ein und nach einem guten Rotwein lösten sich auch unsere Zungen und wir konnten wieder miteinander reden. Vorsichtig tasteten wir uns an die Themen heran, die wir bislang nicht auszusprechen wagten, oder schlichtweg ignoriert hatten.

***

Onno Fokkens blaue Mütze, unter der ich eine Glatze vermutete, saß wie festgetackert auf seinem runden Schädel. Über dem ebenso runden Bauch spannte sich ein blauweiß geringeltes Shirt mit kurzen Ärmeln und von der Tätowierung auf seinem Bizeps lachte uns die rote Lola, eine alterslose Schönheit, an. Uns hingegen lachte eine alternde Schönheit an, die er ab heute in seinem Haus beherbergte.

»He!«, begrüßte uns die kleine Alte und ihre Augen funkelten vor Tatendrang und Lebenslust. Sie passte sich bereits den regionalen Gegebenheiten an.

»He!«, grüßten wir zurück und entschuldigten uns, weil wir sie gestern Abend versetzt hatten.

»Macht nix! Hab mich mit Piet und Onno auch gut amüsiert.«

Gretje zeigte mir voller Stolz ihr Zimmer im Erdgeschoss, das hell und freundlich eingerichtet war. So wie es aussah, wollte sie sich hier häuslich niederzulassen. Auf dem Sekretär aus Kiefernholz, der an einer getünchten Wand unterm Fenster stand, hatte sie bereits ein Foto von ihrem Freddy aufgestellt. Das iPad und ihr Handy verliehen dem Zimmer einen Hauch Büroatmosphäre.

Ich trat zu ihr ans Fenster und blickte auf eine kleine Terrasse, wo ein liebevoll eingedeckter Holztisch dazu einlud, Platz zu nehmen. In einem blauweiß gestreiften Strandkorb, auf der angrenzenden Rasenfläche döste Piet in der Sonne.

Gretje grinste spitzbübisch, nahm einen Notizblock vom Sekretär und erzählte uns, was sie ausgeheckt hatten.

»Ich hab dat mal aufgeschrieben, für den Sven.«

Der zog nur die Augenbraun hoch und wusste überhaupt nicht, wie ihm geschah. Sie drückte ihm einen Zettel in die Hand, auf dem in krakeliger Schrift geschrieben stand, was er jeden Tag erledigen sollte.

Sven warf nur einen amüsierten Blick darauf. »Was soll das denn heißen? Habt ihr mich jetzt zum Dienstboten degradiert?« Sein Blick pendelte zwischen Gretje und mir hin und her. »Julie«, sagte er drohend, »da steckst du doch dahinter!«

»Nee, dat is meine Idee. Hab doch gesehen, wie nölig du gestern in dat Auto gesessen und finster dreingeschaut hast.«

»Hab ich doch gar nicht.« Er baute sich vor ihr auf und schenkte ihr einen tiefen Blick. »Können diese Augen finster gucken? Mal ehrlich, Gretje?«

Davon ließ sie sich aber nicht einwickeln. »Na ja, heute siehst du auch wieder manierlich aus.« Sie tippte mit Nachdruck auf das Blatt Papier und ließ von seinen meerblauen Augen nicht beeindrucken. »Piet sagt, du musst wat zu tun haben. Hier, dat kannst du ab morgen erledigen.«

»Ich schwöre dir, Sven, damit habe ich nichts zu tun. Auf die Idee, dir etwas zu tun zu geben, bin ich allerdings auch schon gekommen.«

Sven zeigte auf den Punkt *Einkaufen*. Demonstrativ wies er auf seinen Gipsarm, schmunzelte und studierte den Rest der Liste. Mit Gretjes Programm wäre er von morgens bis abends voll beschäftigt.

»Das ist wirklich gut gemeint von euch, aber leider ein bisschen zu gut. Da habe ich auch noch ein Wörtchen mitzureden.«

Gretje überhörte seinen Einwand geflissentlich. »Onno hat ein schickes Wägelchen, dat kannst du mitnehmen. Musst dann selber nix schleppen.«

Breit grinsend lehnte Onno am Küchenschrank und verfolgte die Aufgabenverteilung. Bestimmt hatte sie ihn zuerst zum Einkaufen verdonnert und er war auf die geniale Idee gekommen, diese Arbeit auf Sven abzuwälzen. Doch der ließ sich da nicht reinreden und schon gar nicht bevormunden. Notgedrungen musste der brummelige Seebär sich damit abfinden, dass er fürs Einkaufen zuständig war. Schließlich war es seine Bedingung gewesen, von Gretje bekocht zu werden. Als guter Verlierer gab er sich widerstandslos geschlagen und lud uns an die Kaffeetafel, allerdings ohne Kaffee. Ein echter Ostfriese trinkt nun mal Tee.

Doro und Frank waren unterdessen auch eingetroffen und freuten sich auf ein feines Stück Torte. Ida wollte etwas später nachkommen, auf sie mussten wir nicht warten.

»Denn man los!« Gretje zwinkerte Piet zu, der sofort wusste was er zu tun hatte, und uns bediente. Die

Sanddorn-Sahnetorte hätte kein Konditor besser hinbekommen! Ein frischer, sahniger Traum mit einem herbsüßen Guss aus Sanddorn. »Fittamine!« Gretje strahlte glückselig übers ganze Gesicht bei unseren Lobeshymnen und spielte nun nicht mehr die Beleidigte.

»Denn guckt mal selbst, wat der arme Sven denn noch tun kann. Hab's ja nur gut gemeint.« Sie grummelte etwas ostfriesisches Kauderwelsch vor sich hin, aber als Ida mit einem Sanddornlikör anrückte, war auch das vergessen.

Großzügig bot Gretje meinem Schatz an, dass er zum Mittagessen immer vorbeikommen konnte. Mit diesem Vorschlag war er sofort einverstanden und machte die alte Dame sehr glücklich.

»Den Leon hab ich auch schon gefragt. Der hat sich so dolle gefreut, dat der mich sogar geküsst hat.« Sie schielte zu Piet und auch zu Onno. »Dat ich dat noch erleben darf!«

»Das wird bestimmt eine lustige Essensrunde. Gretje inmitten von drei richtigen Kerlen. Wow!«, rief ich lachend. Die Story musste ich unbedingt Trude erzählen. Für solche Geschichten war sie immer zu haben.

Nach der Teestunde war für Franky leider schon der Aufbruch angesagt. Freundlicherweise brachte er Piet nach Hause zurück, aufs Festland. Ich registrierte, wie Piet seine Gretje mit einem prüfenden Blick ansah. Es passte ihm wohl nicht, dass sie sich bei Onno eingenistet hatte.

»Und pass gut auf beim Kopptraining«, gab sie ihm mit auf den Weg. »Bring die Hausaufgaben mit, wenn du kommst. Und mach keinen Quatsch, mein oller bester Freund.« Sie schmatzte ihm einen herzhaften Kuss mitten auf den Mund und wuschelte ihm durchs Haar.

»Da kannste aber Gift drauf nehmen. Die Übungen knipse ich mit dem Handy ab, dann kannst du schon mal anfangen zu lernen und kommst nicht auf dumme Gedanken. Ich frag dich ab, wenn ich wieder da bin!« Piet wischte sich mit dem Handrücken über den Mund und tätschelte mit der anderen Hand Gretjes Po. Sven stupste mich unauffällig an. Er hatte es auch beobachtet.

Im Verlauf des Nachmittags trugen wir dann doch noch einige gute Ideen zusammen, wie wir Sven bei seiner Gesundung und bei der Organisation seines Alltags behilflich sein konnten. Letztendlich kamen wir zu dem Schluss, Sven sollte sich einfach nur erholen und seine unfreiwillige Auszeit als Urlaub betrachten.

17. Kapitel

Von Erholungsurlaub konnte bei den vielen Arzt-
gängen und den Telefonaten mit Svens Schule nun
wirklich keine Rede sein. Zum Glück bestimmten diese
Dinge nicht vollends seinen Alltag. Mit einem Augenzwinkern würdigte ich die Geschicklichkeit meines
Liebsten, wenn er mit links Tätigkeiten ausführte, die
er vor ein paar Wochen nie für möglich gehalten hatte.

Mein Alltag hingegen bestand in erster Linie aus meinem Job, also aus Wellness und Massagen. Unsere Kunden zeigten sich vorwiegend gut gelaunt und pflegeleicht,
sie lebten im entspannten Urlaubsmodus, der sich nach
kurzer Zeit bei den meisten automatisch einstellte. Leon
stellte sich als echter Glücksgriff für unser Team heraus.
Mit seiner guten Laute und seinem Können war er schon
bald der Liebling bei unseren weiblichen Gästen.

Ich lebte das Leben, von dem ich immer geträumt
hatte. Mein Zusammenleben mit Sven war trotz seiner
vorübergehender Einschränkungen das Sahnehäub-
chen, die Schaumkrone des Glücks. Meine Euphorie
und meine Frühlingsgefühle erhielten lediglich einen
kleinen Dämpfer durch meine beziehungsunfreund-

lichen Arbeitszeiten. Ich ertappte mich dabei, dass ich mich manchmal nach einem Job mit geregelten Arbeitszeiten sehnte. Das schöne Ambiente, in dem ich arbeiten durfte und das angenehme Betriebsklima ließen mich solche Gedanken aber schnell wieder vergessen.

Von allen Seiten hielt man mich neuerdings auf dem Laufenden, wo sich mein Schatz tagsüber herumtrieb. Bei einem Kaffeegespräch mit Trude, wie immer faltete sie Handtücher, siegte ihre Neugier mal wieder.

»Ich habe den Eindruck, dein Sven erholt sich in unserm Klima ganz ausgezeichnet. Hast du ihm eigentlich ein bisschen was zu tun gegeben? Also, ich meine, man sieht ihn so oft irgendwo im Café sitzen.« Mit der Handkante strich sie das weiche Frottee glatt.

»Aber klar! Nicht, dass der noch auf dumme Gedanken kommt!«, lachte ich. »Wenn ich nachhause komme, ist im Haushalt alles erledigt. Läuft, würde ich sagen. Meinst du, er ist nicht ausgelastet?« Sven kämpfte immer noch mit den Folgen des Unfalls und durfte sich nicht überanstrengen. »Wo sieht man ihn denn überall?«

Trude schaute auf die Uhr, in zehn Minuten erwartete ich meinen nächsten Kunden. »Ach, so genau kann man das gar nicht sagen. Mal hier mal da«, wich sie aus.

»Nun sag schon. Mir erzählt er immer, dass er sich mit Ida auf 'nen Kaffee trifft. Und mit Gretje ist er auch viel unterwegs. Die beiden verstehen sich echt gut. Gretje kann übrigens super gut kochen und backen. Ich hätte nicht gedacht, dass sie so viel Wert auf gesunde Ernährung, mit viel Gemüse und wenig Fleisch, legt. Für Onno ist da nicht immer was dabei, sagt sie. Der zieht schon mal ein langes Gesicht. Außerdem isst er sowieso lieber Fisch. Sven lobt ihre Kochkünste in den höchsten Tönen, er futtert sich bei ihr richtig durch. Sie kocht immer eine Portion mehr, die packt sie ein und gibt sie Sven für mich mit. Die Gute ist wirklich ein Schatz!«

»Hmm. Eine ungewöhnliche Frau für ihr Alter. Ich könnte mich schlapplachen, wenn ich die beiden auf der Rentnerbank vor dem Rathaus sitzen sehe. Sven und Gretje sind wirklich ein süßes Paar.«

»Auf der Rentnerbank?« Ich glaubte, nicht richtig gehört zu haben. »Etwa zu der Zeit, in der die Bank für die Norderneyer Senioren reserviert ist? Mein Sven sitzt dann da, mit Gretje?« Davon hatte er mir nichts erzählt. »Ich glaub's ja wohl nicht! Übt der etwa schon für seinen Ruhestand?«

»Ach was, Julie! Vom Rentenalter ist unser Inselprinz ja wohl noch weit entfernt!«

»Redet ihr gerade über mich?« Leon steckte den Kopf zur Tür herein.

»Bild dir mal nicht zu viel ein und sieh zu, dass du wieder an die Arbeit kommst.« Bei Trude wirkte sein Charme seltsamerweise noch nicht. Sie gehörte zu den wenigen Frauen mit einer ausgeprägten Leon-Resistenz.

»Wäre schön, wenn du uns in der Mittagspause Gesellschaft leistest. Wir wollen schließlich wissen, wie du dich bei uns eingelebt hast. Man hört ja so allerhand.«

»Ich hoffe, nur Gutes?« Leons rhetorische Frage war vollkommen überflüssig, er war viel zu sehr von sich überzeugt.

»Es geht das Gerücht …«

»Denn will ich mal!« Geschmeidig machte er auf dem

Absatz kehrt und ließ Trude mit ihren Fragen zurück. Auch das konnte er! Neugierig machen, anheizen und sich dann aus der Affäre ziehen. Leon wäre der perfekte Mann, wenn er nicht diese eine Schwachstelle hätte: Er wollte *alle* Frauen glücklich machen! Beziehungstechnisch hielt er es kaum länger als ein paar Monate mit ein und derselben Frau aus.

»Ich muss dann auch mal wieder!«, sagte ich und ging zu meiner nächsten Kundin. Unsere Standesbeamtin wollte ich auf gar keinen Fall warten lassen.

»Ja dann.«

Frau Maier hatte es sich auf meiner Massagebank bequem gemacht und fing von sich aus das Gespräch an. Sie verband das Dienstliche mit dem Angenehmen und erzählte, dass Sven bei ihr gewesen war und um eine Terminverschiebung gebeten hatte.

»Wollen Sie das denn auch, Julie? Ich habe Ihrem Verlobten schon gesagt, dass wir zwar nach hinten verschieben können, aber dann wird das nichts mehr mit einer Strandhochzeit. Der Badekarren ist für den Rest der Saison ausgebucht. Ich könnte Sie natürlich auf die Warteliste setzen, falls doch noch jemand abspringt. Das kommt ja immer wieder mal vor.«

»Und ich dachte schon, Sven will mich auf den Arm nehmen, als er mir das erzählt hat.« Schweigend massierte ich ein erfrischendes Orangenöl in ihre Haut und dachte nach. »Ach wissen Sie, auf den Badekarren freue ich mich schon die ganze Zeit, nur dort möchte ich heiraten«, seufzte ich. »Das ist dann wohl höhere Gewalt, wenn sich der Termin nicht verschieben lässt. Dann bleibt es eben bei Ende Mai«, sagte ich schweren Herzens und war froh, dass Frau Maier mein enttäuschtes Gesicht nicht sehen konnte. Aber Woche für Woche darauf zu hoffen, dass ein anderes Paar einen Rückzieher macht, das wollte ich auch nicht. So flexibel war ich denn doch nicht mehr.

»Sehr schön! Ich hatte gehofft, dass Sie das sagen. Dann kann ich da schon mal einen Haken dran machen. Seien Sie so lieb und kommen Sie nachher kurz bei mir vorbei. Ich wollte Ihnen noch den Fragebogen geben, wegen der Rede. Wenn's geht um kurz vor elf.«

»Das kriege ich wohl hin.« Mein Blick fiel auf den Kalender an der Wand und ich bekam weiche Knie. »Hilfe!!! Bis dahin sind es ja nur noch vier Wochen! Ach du Schreck!« Frau Maier zuckte nur leicht zusammen, ähnliche Reaktionen waren in ihrem Job wohl an der Tagesordnung.

»Nun kriegen Sie mal keine Panik! Das schaffen wir schon!« Ihre Ruhe und Zuversicht war schon fast unheimlich, aber genau das, was ich jetzt brauchte.

Wie vereinbart lief ich zwischendurch rüber zum Rathaus und holte das Formular vom Standesamt ab. Als ich wieder nach draußen kam, hörte ich, dass auf der Rentnerbank neben dem Eingang heftig diskutiert wurde. Wild gestikulierend führte Onno Fokken das Wort und regte sich über die Radfahrer auf. Er hatte in seinem Keller noch ein altes Rad gefunden und es für Gretje fahrtüchtig gemacht. Aber Gretje traute sich nicht, obwohl sie zuhause viele Wege mit dem Rad zurücklegte.

»Aber hier glaubt jeder Depp, er müsste mit 'nem Drahtesel unterwegs sein. Und dann fahren sie herum, als gehörte die Straße ihnen allein.« Gretje nickte und bekräftigte Onnos Schimpftirade nach jedem dritten Wort mit einem *Jau!*. Neben den beiden saß Sven mit lang ausgestreckten Beinen, schmunzelte in sich hinein und ließ die alten Leutchen reden.

»He!«, begrüßte ich das Trio. »Da hocken ja die Richtigen zusammen. Sag mal Sven, willst du dich schon auf deine Pension vorbereiten, oder weshalb sitzt du auf der Rentnerbank?«, lästerte ich nicht gerade leise. Unser Ausrufer schnappte die Bemerkung auf und gesellte sich zu uns.

»Na, na, na, junge Frau! Für Schwerverletzte kann man ja wohl mal eine Ausnahme machen, auch wenn sie noch zu jung für die Bank sind.« Der stattliche Kerl richtete seinen blauen Umhang, an dem man ihn gleich erkennen konnte, schob sich die Schirmmütze in die Stirn und schwang seine Glocke. Wie jeden Tag drehte er seine Runde durch den Ortskern und beantworte mit viel Humor und noch mehr Geduld die Anliegen der Touristen. In meiner Anfangszeit auf der Insel hatte ich ihn häufig aufgesucht und mit allen möglichen Fragen gelöchert.

»Und was machst du um diese Zeit in der Stadt? Musst du nicht arbeiten?«, entgegnete Sven.

»Ich? Ich habe nur schnell ein Formular vom Standesamt abgeholt. Ein Fragebogen für die Vorbereitung der Traurede«, sagte ich und drückte Sven den Umschlag in die Hand. »Lies dir das nachher mal durch, kannst ja schon anfangen damit. Ich sehe mir das später zuhause an. Übrigens – ich habe schweren Herzens zugestimmt, dass es bei Mai bleiben kann.«

Der Ausrufer verweilte immer noch an der Seniorenbank und nahm die Kunstwerke auf Svens Gipsarm unter die Lupe.

»Der kann ja auch wohl bald ab, was? Ist ja kaum noch ein freies Plätzchen drauf.« Umgehend zückte er einen Stift und verewigte sich mit den Worten: *Ausrufer Krüger gibt bekannt: Mit Gipsarm darf man solange auf der Rentnerbank sitzen, bis er runterkommt!* Dann malte er noch einen Anker dahinter, mit dem er seine Genehmigung noch bekräftigen wollte.

»Denn ist dat ja man übermorgen auch vorbei, mit deiner Rumsitzerei«, kicherte Gretje schadenfroh. Sven nickte, faltete den Fragebogen auseinander und grinste mich frech an.

»Wir sollen hier eintragen, was in der Rede auf keinen Fall erwähnt werden soll! Gibt's da denn überhaupt etwas, was wir eintragen könnten Julie?« Er feixte mich an und ich sah genau, wie es bei Gretje auch Klick machte.

»Untersteh dich!«

Gretje öffnete den Mund und war im Begriff, etwas auszuplaudern. Nein, bitte nicht!

»Svenny«, schmeichelte ich, »hast du Gretje eigentlich schon mal zu einem schönen leckeren Frieseneis eingeladen? Das könntest du doch mal tun!«

Sven verstand Gott sei Dank sofort, was ich meinte. Gretjes Augen leuchteten auf, sie klatschte vor Freude in die Hände und das Trio gab die Bank frei. Gretje war so leicht glücklich zu machen. Damit hatte ich Sven soeben zu einer guten Tat angestiftet, die ich auch auf meinem Konto verbuchen konnte.

Schmunzelnd machte ich mich auf den Weg zurück und gesellte mich zu Trude und Leon, die bei einem Kaffee zusammensaßen.

»Was ist denn mit dir los? Du kicherst ja wie eine beschwipste Möwe«, meinte Trude.

»Stellt euch mal vor, als ich eben beim Standesamt war, da habe ich tatsächlich meinen Zukünftigen auf besagter Rentnerbank erwischt. Gretje saß in der Mitte, neben ihr mein Sven.«

»Sag ich doch! Die sitzen da jeden Tag.«

»Und der andere? Wen hat sie denn noch in ihrem Fanclub?« Leon amüsierte sich. Er plauderte gern aus seinem Leben in der Senioren-WG mit Herz und Kopptraining.

»Onno war der Dritte im Bunde und schimpfte lautstark über die Radfahrer. Er hat Gretje nämlich ein Rad vermacht und die Gute muss sich an die Gegebenheiten bei uns erst noch gewöhnen. Onno befürchtet, dass ihr was passieren könnte.«

»Tse, tse, tse! Der olle Schwerenöter. Nu macht er sich auch noch an alte Damen ran! Dat passt ja gar nicht zu ihm. Der hat sonst immer junge Dinger, die seine Töchter sein könnten.«

»Ich hab den Eindruck, dass Gretje das Leben hier in vollen Zügen genießt. Aber von Onno, da will die bestimmt nix. Dafür lege ich meine Hand ins Feuer. Onno Fokken war immerhin der beste Kumpel von ihrem Mann. Wusstest du das?«

»Wenn du dir da man nicht die Finger verbrennst. Der Onno, der ist nicht ohne.«

Nun mischte auch Leon sich ein. »Also Onno, das ist ein Mannsbild, das mitten im Leben steht. Der hat zwar eine raue Schale, aber einen butterweichen Kern. Aber wisst ihr, Gretje steht sowieso mehr auf mich, da hat Onno null Chance.«

»Boah!«

»Und wie ist das mit dir, mein lieber Leon? Stehst du denn auch auf Gretje? Oder vielleicht mehr auf Ida?« Trude ging zum Frontalangriff über. »Nun mal raus mit der Sprache. Du solltest wissen, dass es mir wichtig ist, dass es meinen Mitarbeitern gut geht. Ihr könnt mir immer alles erzählen.« Mit einer eindeutigen Geste verschloss sie ihre Lippen. Den Spruch von ihr kannte ich, damit war sie mir in der Anfangsphase auch gekommen.

»Also ihr Hübschen, ich muss gestehen, ich liebe Gretje. Wenn sie nur dreißig Jahre jünger wäre, dann wäre sie vor mir nicht sicher«, brüstete Leon sich.

»Dann ist Ida also zweite Wahl? Das muss ich ihr unbedingt erzählen.«

»Mach das ruhig. Ida stellt sich da nicht so mädchenhaft an wie dein Sven. Sie kann mit der Konkurrenz gut leben.«

Trude und ich tauschten einen Blick und prusteten gleichzeitig los. Leons Sprüche waren manchmal wirklich der Hammer! Tränen liefen uns übers Gesicht, wir konnten gar nicht mehr aufhören zu lachen. Leon stimmte wenig später mit ein, etwas anderes blieb ihm auch nicht übrig.

»Ich kann Ida das aber heute Abend auch selbst erzählen.«

»Ach? Zeigst du ihr wieder, wie das mit den Eintragungen in das Bullet-Journal geht?«

»Das auch …«, meinte er geheimnisvoll, ließ sich aber nicht weiter in die Karten blicken. Am nächsten Tag, als ich bei Ida im Laden ein paar Sanddornsünden kaufte, fing sie von sich aus an, zu plaudern.

»Leon hat mir erzählt, wie ihr ihn gestern ausgefragt habt und dass ihr beinahe an einem Lachflash erstickt seid«, erzählte sie und machte mir ein Tütchen für Sven fertig. Damit wollte ich ihn überraschen, denn heute bekam er seinen Gips ab.

»Also Leon …« Sie seufzte tief. »Das ist ein Mann zum Niederknien!«

Idas Blick war so weit weg, wie das Meer bei Niedrigwasser. Das sagte alles. Mir war klar, wie es um die beiden stand. Lange würde es nicht mehr dauern, dann würde Ida genau das tun. Niederknien! Leons spezielle Vorlieben kannte ich sehr gut.

18. Kapitel

Ohne den nervigen Gipsverband gefiel Sven mir eindeutig besser. Mit ungebremsten Ehrgeiz setzte er alles daran, die volle Belastbarkeit und Beweglichkeit wiederherzustellen. Zu seinem Ärger geriet er dabei jedoch nach der kleinsten Belastung an seine Grenzen. Es ging ihm nicht schnell genug.

Es fiel ihm noch sehr schwer, ohne Hilfe ein Oberhemd anzuziehen, dennoch er verzog keine Miene, wenn er sich mit den Ärmeln abquälte. Meine heimliche Befürchtung, dass er beim Standesamt nicht angemessen gekleidet war, konnte ich getrost vergessen. Allerdings musste ich mir über mein Outfit langsam Gedanken machen. In drei Wochen war es schon so weit und ich hatte null Ahnung, was ich anziehen sollte. Mein geblümtes Kleid, in dem ich mich mit Sven in Emden getroffen hatte, konnte ich unmöglich noch einmal anziehen. Es wäre meine allerletzte Rettung, falls ich nichts anderes mehr finden sollte.

Am frühen Abend holte ich Sven bei Gretje ab. Wir wollten noch ein bisschen am Strand bummeln, und den

Frühling auf unserer Haut spüren. Die Wohngemeinschaft auf Zeit saß auf Onnos Terrasse beisammen und feierte Gretjes Abschied.

»Nu muss ich Zuhause auch mal wieder nach dem Rechten sehen. Nich dat die mich vergessen tun!«

Piet hatte keine Mühen gescheut und war extra wieder angereist, um Gretje abzuholen. Er versicherte ihr mehrmals, dass man eine Frau wie sie bestimmt nicht vergessen könnte.

»Ach Piet«, murmelte sie und tätschelte ihm die Wange. Onno guckte bedröppelt aus der Wäsche. Er hatte sich an ihre Gesellschaft gewöhnt und ihr sogar angeboten, dass sie dauerhaft bei ihm wohnen könnte. Für umsonst! Leon zeigte auch, wie betroffen ihn ihr Auszug machte und beteuerte mit tiefen Blicken und schönen Worten, dass sie ihm jetzt schon fehle.

»Nun wollen wir aber doch nicht alle Trübsal blasen, nicht wahr?«, lenkte Sven ab. Es fiel ihm schwer, die Charmeattacke von Leon noch länger zu ertragen.

»Ach Gretje, du kommst ja schon bald wieder, oder? Du willst mich doch als Braut sehen, hast du gesagt.«

»Jau, dat will ich. Auch wenn dat auch nur dat Standesamt ist und nicht inne Kirche. Aber egal. Hast du denn schon alles zusammen, Julie-Kind?«

Sie musterte mich von oben bis unten, wie bei unserem ersten Kennenlernen.

»So ein schickes, weißes Kleid und ein Kränzchen im Haar, dat würde dir stehen. Nich so festlich. Dat muss jung und frisch sein bei dir und deine Kurven muss es betonen. Die haste nämlich gekriegt.«

Den Spruch wollte ich nicht unbedingt hören. Aber

sie hatte recht, ich hatte ein bisschen zugenommen, wenn man hier lebte, ging das eigentlich jedem so.

»Wat sagt ihr denn dazu, ihr Mannsbilder?« Ihre Idee von meinem Style gefiel mir, auch Sven fand das gut.

»Ich muss unbedingt in aller Ruhe shoppen gehen, ich habe nichts anzuziehen.«

»Hast du schon gefragt, ob du Urlaub oder Überstunden nehmen kannst?«

»Nee, das mache ich morgen.«

Leon fragte aus seinem Liegestuhl heraus: »Soll ich dich begleiten, Julie? Ich würde dir alles aussuchen und auch in die Kabine anreichen. Du weißt ja, dass ich so etwas sehr gerne mache, und …«

»Spinnst du? Du willst mit meiner Braut losziehen und einen Ausflug aufs Festland machen? Womöglich mit Übernachtung?« In Svens Augen funkelte es gefährlich. Mit geballten Fäusten baute er sich vor Leon auf.

»War ein Scherz! Komm wieder runter!« Leons Teufelchen tanzten in seinen Augen. Ida war nicht anwesend, sonst hätte er sich das garantiert nicht getraut.

»Nu is aber mal Schluss hier!«, rief Gretje energisch. »Julie! Wenn du dat machst, dann enterbe ich dich!«

»Hä?« Was hatte sie da gerade gesagt? So wie sie guckte, nämlich ziemlich böse, meinte sie das ernst. Sprachlos starrten wir die kleine alte Frau an.

»Dat hast du schon richtig gehört. Und dat meine ich auch so.«

»Gretje! Du hast, also du bist, also, ich glaub es nicht!«

»Wollt ich auch noch gar nich sagen. Aber nu weißt du's.«

Piet stand immer noch mit offenem Mund da, nur

Onno sagte: »Gut gemacht, mein olles Mädchen. Dein Freddy wäre stolz auf dich!«

Verstohlen wischte sie eine Träne aus dem Augenwinkel und sagte dann trotzig: »Ich hab doch nu mal keine Kinners! Und seit du und dat *Heiße Eisen* aufgetaucht bist, ist bei mir wieder richtig wat los!« Sie schniefte sie geräuschvoll und dann brauchte sie ihre Fittamine. Hoch und heilig musste ich ihr versprechen, keine Dummheiten zu machen. Und dann zückte sie ihr Portmonee und steckte mir einen Schein zu. »Is dat Schweigegeld, wat du mir zugesteckt hast. Kauf dir wat Schönes davon, wenn du shoppen gehst.«

»Och Gretje, du, du … Ersatzoma!«, krächzte ich zwischen Tränen, schloss sie fest in meine Arme und schniefte in die letzte trockene Ecke ihres Taschentuchs.

»Sag nich Oma zu mir! Da kann ich mich auf meine alten Tage nich mehr dran gewöhnen«, entrüstete sie sich und tätschelte mir das Haar.

»Mann oh Mann! Wat 'ne Heulboje!« Onno räumte kopfschüttelnd den Tisch ab, das war ihm eindeutig zu viel Weibergetue. Leon schenkte Gretje einen abgrundtiefen, um Verzeihung bittenden Blick, dem sie nicht widerstehen konnte. Und bei Sven entschuldigte er sich in aller Form, und das war ehrlich gemeint.

»Du hast gewonnen, Sven! Lass uns aufhören mit dem ganzen Theater. Julie ist eine wunderbare Frau, aber sie hat ihre Entscheidung getroffen. Sie will nur dich. Und ich bin manchmal ein großer Idiot.«

»Wo du recht hast, hast du recht«, pflichtete Sven ihm bei und reichte Leon seine Hand. »Versuchen wir's.«

»Na geht doch! Aber wir müssen jetzt wirklich los.«

Ich wünschte Gretje und Piet eine gute Heimreise und drückte sie zum Abschied noch einmal ganz dolle. Diese Frau hatte mir wirklich der Himmel geschickt.

Danke Oma Melli, du sitzt bestimmt oben auf deiner Wolke und frohlockst, weil dein Plan aufgegangen ist. ›Jeden Tag eine gute Tat.‹ Das ist da, wo du jetzt bist, wohl immer noch dein Leitspruch.

»Jau, dann kauf dir wat Schönes.«

»Danke Gretje!«

»Da nich für!« In ihrem Gesicht kräuselten sich sämtliche Falten, ihre Augen blitzten dahinter und der Schalk saß ihr wieder im Nacken. Gretjes sentimentaler Anflug war verflogen, sie war wieder ganz die Alte.

***

Es hatte mich einige Überredungskünste gekostet, bis Trude mir wenigstens einen freien Tag zugestand. Klar, der Laden musste laufen, aber ich hätte sie bestimmt nicht darum gebeten, wenn es nicht wirklich wichtig gewesen wäre. Erst als ich darauf zu sprechen kam, dass es langfristig so nicht weitergehen kann, horchte sie auf. Schweren Herzens genehmigte sie mir einen Tag und sogar den Montag nach meinem Hochzeitswochenende.

Gemeinsam fuhren Sven und ich in aller Frühe rüber aufs Festland. Am Anleger in Norddeich-Mole trennten sich unsere Wege, Sven nahm den Zug nach Meppen und ich den nach Oldenburg. Für mich ging's noch am selben Abend wieder zurück.

Wahrscheinlich würde ich großstadtentwöhnte Insulanerin nach der Shoppingtour vollkommen erledigt wieder an Bord gehen. Aber das war es mir wert. Ich freute mich riesig, mal wieder in aller Ruhe durch Einkaufsstraßen zu bummeln und mit Tüten in beiden Händen zurückzufahren.

Bei Sven standen wichtige Termine auf dem Plan. Vor dem Besuch beim Amtsarzt graute ihm ein wenig, denn seine weitere Berufstauglichkeit sollte beurteilt werden. Hoffentlich fiel das Ergebnis so aus, wie er sich das wünschte. Ich drückte ihm sämtliche Daumen und versicherte ihm, dass ich ihn so oder so nehmen würde.

Ein vorzeitiger Ruhestand aus gesundheitlichen Gründen kam für ihn überhaupt nicht in Frage. Immer wieder musste ich ihm gut zureden. Ein Armbruch konnte ja wohl nicht zur Dienstunfähigkeit führen! Am folgenden Tag stand für ihn dann ein Gespräch bei seinem Schulleiter an. Es ging dabei um dasselbe Thema. Noch war nicht absehbar, wann er wieder Sport unterrichten konnte, es musste eine Entscheidung getroffen werden.

In dem netten Lokal am Hafen, auf dem Weg in die City, stärkte ich mich erst einmal mit einem kleinen Frühstück. Nebenbei schrieb ich eine Hochzeitsklamotteneinkaufsliste. Als ich mir einen zweiten Kaffee bestellte, bemerkte ich einen Typ am Nebentisch, der mich unverwandt anstarrte. Freundlich lächelnd ignorierte ich ihn.

»Entschuldige, aber ich bin mir sicher, dass wir uns kennen«, sprach er mich kurz darauf an.

Genervt sah ich auf. Das war ja wohl die blödeste und älteste Anmache überhaupt. Bei näherer Betrachtung kam ich zu dem Schluss, dass der Spruch zu ihm passte. Er war auch schon ein älteres Semester, schätzungsweise um die Sechzig. Irgendwie zog ich wohl ältere Männer magisch an.

»Sorry, aber wir kennen uns bestimmt nicht! Ich komme nicht aus Oldenburg.«

»Nix für ungut. Aber ich hätte schwören können, dass wir uns schon mal begegnet sind. Hier in diesem Lokal.«

Nachdenklich faltete er seine Zeitung zusammen, ließ mich dann aber in Ruhe. Als er zu seinem Helm griff und mir freundlich zuwinkte, fiel es mir wieder ein. Es stimmte, wir waren uns schon einmal begegnet. Er war einer von den Kandidaten gewesen, die ich im Internet kenngelernt hatte. *Vespa55!* So nannte er sich im Netz.

Schmunzelnd dachte ich an diese Episode zurück. Vier Männer hatte ich gleichzeitig zu einem Date hierher bestellt, mich aber nicht zu erkennen gegeben. Sven gehörte auch zu den vier Auserwählten. Mit seinen langen Haaren, den schönen Händen und einem modischen Hemd mit Blumendruck, war er mir sofort aufgefallen. *Prinz G.* nannte er sich. *Was für ein dämlicher Name!* Er war der Einzige von den Vieren, der überhaupt eine Chance bei mir hatte.

***

Systematisch wollte ich meine Liste abarbeiten und begann mit der Suche nach dem passenden Kleid. Schon ewig war ich nicht mehr bei *H&M* gewesen. Was war das herrlich, einmal durch alle Abteilungen zu trödeln. Es fiel mir zwar schwer, aber ich schaffte es, vielen Versuchungen zu widerstehen und kaufte dort nur einen süßen Schlafanzug. Dafür brauchte ich allerdings eine geschlagene volle Stunde.

Julie, sagte ich zu mir, *Julie so geht das nicht. Wir gehen jetzt mal ganz gezielt vor!* Meine Gewohnheit, gepflegte Selbstgespräche zu führen, hatte ich immer noch nicht abgelegt.

Ein paar Meter weiter steuerte ich auf einen Laden zu, in dem ich früher schon mal das ein oder andere Teil gefunden hatte. Er war nicht gerade billig, aber die Kleidungstücke waren ordentlich verarbeitet und von gehobener Qualität. Ein weiterer Pluspunkt war die gute Beratung und der ebenso gute Kaffeeautomat.

»Was darf ich Ihnen zeigen?«, fragte mich die Verkäuferin. Ich musste gestehen, dass ich keine konkrete Vorstellung davon hatte, wie mein Traumkleid aussehen sollte.

»So genau weiß ich das noch nicht. Ich heirate in zwei Wochen standesamtlich. Dafür suche ich ein Kleid.«

»Also ein Cocktailkleid?« Sie ging zu einem anderen Ständer. »In Weiß?«

»Auf alle Fälle hell. Es muss kein reines Weiß sein, aber fast Weiß, vielleicht einen Hauch Cremefarben. Nicht zu kurz, aber auch nicht bis aufs Knie. Es kann auch was Flatteriges sein, ich heirate nämlich auf Norderney!« Mit glänzenden Augen erzählte ich ihr vom Badekarren, in dem das Ganze stattfinden sollte und schwärmte ihr von meiner Insel vor.

»Romantisch oder lieber elegant?« Sie sah mich aufmerksam an und blieb an meiner Frisur hängen. Wie immer, wenn's schnell gehen sollte, hatte ich meine Haare zu einem unordentlichen Knoten am Hinterkopf zusammengenommen und ein paar Strähnchen an den Seiten herausgezupft. Mit meinem dezenten Make-up konnte ich nichts verkehrt machen.

»Inselkind!«, sagte sie und fügte hinzu: »Nicht falsch verstehen! Damit will ich sagen, dass Sie der Typ *natürliche Schönheit* sind. Denken Sie mal an die Models aus der Nivea-Werbung.«

»Das hat mir auch noch niemand gesagt.«

»Größe 36/38? Obenrum ein bisschen schmaler. Drehen Sie sich bitte einmal um.« Sie begutachtete eingehend meine Rückseite, dann fragte sie: Kaffee? Cappuccino? Latte macchiato?«

»Gern einen Cappuccino.«

Während ich in der gemütlichen Sitzecke einen Cappuccino mit Herzchen im Milchschaum schlürfte, trug sie einen Armvoll Kleider zusammen, die ihrer Meinung nach zu mir passten. Andächtig verfolgte ich jeden ihrer Schritte und schielte auf die Kleider, die sie anschleppte.

Eines war schöner als das andere. Und sie passten alle, es war unglaublich. Egal, in welches ich hineinschlüpfte, ich gefiel mir in jedem Kleid und fand mich selbst umwerfend. Nur die ollen Sneaker passten nicht wirklich dazu. Die Entscheidung, welches das Beste ist, fiel mir nicht leicht.

»Was machen Sie denn mit Ihren Haaren? Und wie sieht das Outfit ihre Zukünftigen aus?«

»Meine Haare will ich offen tragen. Mit einem zarten

Blumenkranz.« Ich hatte schon das Bild vor Augen, wie ich aussah. »Und mein Sven? Er will mir nicht verraten, was er anzieht. Aber wir sind uns darüber einig, dass wir unser Outfit an die Farben der Insel, an Himmel, Strand und Meer anpassen.«

»Dann nehmen Sie dies! Sie werden darin wunderschön aussehen. Und Sie können es später auch noch zu anderen Gelegenheiten tragen.«

Verliebt drehte ich mich vor dem Spiegel. Eine andere Kundin pflichtete meiner Verkäuferin bei und fragte: »Was für Schuhe ziehen Sie denn dazu an?«

Unschlüssig schaute ich auf meine Füße. »Was meinen Sie? Ballerinas?«

Die Verkäuferin lachte. »Zu brav! Auf keinen Fall.« Dann erzählte sie mir, dass sie selbst vor gar nicht langer Zeit bei einer Inselhochzeit dabei gewesen war. Ihre Freundin sei ein ähnlicher Typ wie ich und hatte sich für naturfarbene leichte Stiefel entschieden.

»Hier, ich zeige Ihnen mal ein Foto!« Jetzt war sie nicht mehr zu bremsen. Sie holte ihr Handy hervor und zeigte mir, was sie meinte. Das sah wirklich toll aus. Kurze Cowboystiefel bis zur Wade und ein Hauch von einem Kleid. Sie verriet mir auch gleich, wo ich in der City Stiefel in der Art finden würde.

»Perfekt! Damit kann ich wenigstens auch an den Strand, wenn das Wetter vielleicht nicht ganz so schön ist. Drücken Sie mir mal die Daumen.«

»Ich sprech mit Petrus und bestelle blauen Himmel und Sonnenschein.« Zum Abschluss spendierte sie mir einen weiteren Cappuccino und empfahl mir zu dem Kleid ein kurzes weißes Pelzjäckchen, korrigierte sich allerdings sofort und sagte, dass sie natürlich einen Kunstpelz meinte.

»Es ist ja immer etwas windig da oben. Ich schau mal, ob ich in Ihrer Größe noch eins dahabe.«

Natürlich hatte sie eins. Es saß, als wäre es nur für mich gemacht. Die Verkäuferin stand mit rosigen Bäckchen neben mir vorm Spiegel und strahlte mich an. Wir tauschten unsere Handynummern und ich versprach, ihr ein Hochzeitsfoto zu schicken. Wow! Mit jeder Menge guter Wünsche schwebte ich aus dem Laden, hinein in den nächsten.

Sie hatte mir wirklich einen guten Tipp gegeben mit dem Schuhgeschäft. Ich musste nicht lange suchen und fand auf Anhieb die passenden Stiefel. Da gab es aber auch noch welche in einem lichten Blauton, vorne spitz zulaufend. Hammer!!! Der Preis war ebenso Hammer. Was soll man da machen? *Das ist höhere Gewalt,* sagte ich mir, nahm beide Paare und schenkte sie mir von Gretjes Schweigegeld. Die todschicken Sneakers, die plötzlich direkt vor meiner Nase auftauchten, wollten auch noch zu mir. *Schuhe sind Rudeltiere,* fiel mir der Spruch meiner Mutter ein und ich zückte meine EC-Karte.

Zum Schluss widmete ich mich dem, was ich untendrunter tragen würde. Ich wusste genau, in welchem Geschäft ich verführerische Dessous nach meinen Vorstellungen finden könnte. Weiß oder champagnerfarben und sehr sexy, das war es, was ich wollte. Ganz ohne Hetze probierte ich BHs, Bodys und winzige Unterteile und musste hin und wieder schmunzeln, als mir Leons Vorschlag, mich beim Shoppen zu begleiten, in den Sinn kam. Das wäre nicht gut gegangen! Spätestens jetzt stände er hinterm Vorhang bei mir in der Kabine. Viel lieber malte ich mir aus, wie Sven auf meine reizenden Kleinigkeiten reagieren würde.

In einer Parfümerie schnupperte ich noch die neuesten Dufttrends, setzte mich anschließend in ein Straßencafé, ließ mir die Sonne ins Gesicht scheinen, schloss die Augen und war einfach nur happy. Ich hatte alles erledigt!

Auf der Frisia stellte ich meine Einkäufe nicht wie vorgesehen in die Gepäckfächer. Mit beiden Händen hielt ich meine Schätze fest umklammert und blinzelte zwischendurch hinein. Sven sollte mein Kleid vorher nicht sehen. Damit wollte ich ihn überraschen. Wir hatten es so abgesprochen.

Während der Überfahrt schickte ich meinem Schatz eine WhatsApp mit einem Foto von meinen Einkaufstüten.

Ich bin so happy! Svenny, ich liebe dich und würde dich am liebsten sofort heiraten. Und bei dir? Was sagt der Amtsarzt???

Er schickte lachende Smileys und antwortete: *Er meint, ich muss mir keine Sorgen machen. Das wird schon wieder. Hoffentlich behält er Recht.*

Das grüne Dach der Marienhöhe näherte sich, die Fähre drehte, gleich würden wir anlegen. Hoffnungsvoll blickte ich in die Ferne, umklammerte das kühle Metall in meiner Hand und fuhr mit den Fingern über die eingravierten Buchstaben. So wie vor einem Jahr, als ich aufbrach in mein neues Leben.

19. Kapitel

An zwei Händen konnte ich jetzt die Tage abzählen. Ich sehnte den großen Tag herbei und wunderte mich, dass ich nicht so aufgeregt war, wie ich es befürchtet hatte. Ich fühlte mich, als würde ich auf einer Welle aus Romantik und Liebe schwimmen. Schäumend und erfrischend spülte die Welle über mich hinweg, ich ließ mich treiben, ritt auf ihr und lief von morgens bis abends mit einem Gesichtsausdruck durch die Gegend, von dem Sven behauptete, ich sei auf Droge.

»Was hast du eigentlich alles im Kofferraum verstaut? Das sieht ja aus, als wolltest du auf Weltreise gehen.«

Sven grinste und blieb mir die Antwort schuldig. Er verriet nur, dass er schließlich auch gut angezogen sein wollte.

Diesmal hatte Doro ihn chauffiert. Er durfte mit seinem Arm noch nicht wieder fahren. Und sich erwischen zu lassen, konnte er nicht riskieren. Mit vereinten Kräften luden wir sein Auto aus.

»Du kannst mich ja überall hinfahren«, meinte er lapidar, als ich ihn fragte, wozu er auf Norderney sein Auto braucht. Innerhalb des Ortes durfte er eh nicht damit fahren.

»Was machen wir denn jetzt mit dem Auto? Meinst du, wir können das einfach stehenlassen? Es ist ja schon dunkel. Oder glaubst du, dass wir morgen früh einen Strafzettel an der Scheibe haben?«

»Sven! Du weißt genau, dass man das Auto nur zum Be- und Entladen abstellen darf«, schnaufte ich. »Dann muss ich es ja wohl auf den Parkplatz fahren. Kommst du wenigstens mit? Wir könnten dann zusammen am Wasser zurücklaufen und du erzählst mir, wie das Gespräch mit deinem Chef gewesen ist.«

»Julie, du bist ein Schatz! Klar komme ich mit«, stimmte er zu und stieg ein. Auf der Strecke zum Inselparkplatz schlug Sven plötzlich eine Planänderung vor.

»Weißt du was, Julie? Wenn wir schon mit dem Auto unterwegs sind, dann lass uns doch mal zum Zelt am Leuchtturm fahren. Was meinst du?«

»Weißt du eigentlich, wie spät das ist?« Es war zehn Uhr, nachts wurde er neuerdings munter. Mein lieber Sven war definitiv zu gut ausgeruht, im Gegensatz zu mir. Ich hatte schon einige Stunden Arbeit hinter mir. »Was denn für ein Zelt? Davon habe ich nichts gehört. Das hätte Trude mir sicher erzählt. Im *Nomo* stand auch nichts.«

»Vielleicht ist es auch nicht mehr da. Also, in den vergangenen Jahren war es im Mai immer da.« Sven legte seine Hand auf mein Knie und machte mich ganz nervös. »Bitte! Lass uns mal hinfahren, hier jetzt um die Ecke.«

»Also gut«, gab ich nach und schaltete das Fernlicht

ein. »Mann, ist das hier finster. Und wie war dein Gespräch gestern mit der Schule?«

»Überraschend! Emily und ihre Freundin saßen mit gesenkten Köpfen im Chefzimmer. Sie konnten mir nicht einmal in die Augen sehen, als ich eintraf und sie begrüßte. Darauf war ich nun wirklich nicht vorbereitet.«

»Wieso waren die da? Ich denke, es ist alles geklärt. Was will diese blöde Kuh denn noch von dir?« Wenn ich den Namen Emily nur hörte, wurde mir schlecht.

»Du glaubst es nicht, sie hat sich in aller Form bei mir entschuldigt. Und sie hat sich dafür bedankt, dass ich ihr keinen Ärger gemacht habe. Völlig eingeschüchtert hockten die Mädels auf der Stuhlkante, so als ob sie jeden Augenblick flüchten wollten.« Sven atmete hörbar aus. Dann ahmte er ihre fiepsigen Stimmen nach und erzählte weiter: »Ich wollte wirklich nicht, dass Ihnen etwas passiert. Wer kann den ahnen, dass Sie so blöd hinfallen. Ich bin doch im Zeitlupentempo auf Sie drauf gefahren. Und so weiter. Das mit den Fotos im Netz war eine echte Schnapsidee von mir. Ich habe sie alle gelöscht und vernichtet. So eine Dummheit werde ich bestimmt nie, nie wieder machen. Ich schwöre! Es tut mir so leid, Herr Dr. Arends.«

»Und wie hast du darauf reagiert?«

»Erstmal habe ich sie einfach reden lassen und nichts gesagt. Ich habe sie nur ernst angesehen. Nachdem sie alles von vorn wieder herunterleierte und schließlich anfing zu flennen, habe ich ihre Entschuldigung angenommen und den Mädchen alles Gute für die Zukunft gewünscht. Ich habe nur das Nötigste mit den beiden gesprochen.«

»Donnerwetter! In der Haut der Mädels hätte ich auch nicht stecken mögen. Dann hast du ihnen sozusagen eine Absolution erteilt.« Das war wirklich ein feiner Zug von ihm.

»Wieder eine gute Tat getan!«, lachte Sven nun, er nahm es mit Humor. »In diesem Schuljahr werde ich jedenfalls nicht mehr arbeiten, das ist schon mal sicher. Das ist auch ganz gut, meint mein Chef. Bis zum neuen Schuljahr ist der Vorfall mit den Fotos dann auch vergessen. Schließlich war es die Abschlussklasse und von den Schülern ist nach den Ferien keiner mehr da. Und dann hat mein Chef erzählt, wie es solange ohne mich weitergehen wird. Für Sport hat er eine Aushilfskraft angefordert, die zunächst für ein Jahr einspringt. Wie mein Stundenplan demnächst aussehen wird, ist noch ungewiss.«

Wir näherten uns unserem Ziel und ich konnte immer noch nichts erkennen. »Hier ist nichts! Ich sehe kein Zelt.« Der Leuchtturm war die einzige Lichtquelle in der Dunkelheit. Also etwas war hier faul. »Lass uns lieber umkehren.«

Sven wollte sich schlapplachen. »Hast du das wirklich geglaubt, mit dem Zelt? Fahr da vorne mal rechts ran.«

Verständnislos bremste ich und stellte den Wagen ab. Sven öffnete mir galant die Tür, nahm mich in die Arme und zeigte zum Himmel.

»Siehst du das?«

Ich sah nur Sterne, unendlich viele Sterne. Wenn ich allein hier gewesen wäre, hätte ich mir vor Angst in die Hosen gemacht. Er nahm meine Hand und wir gingen so nah an den Leuchtturm, dass wir uns daran anlehnen konnten. Jetzt wiederholte Sven seine Frage noch einmal.

»Siehst du es immer noch nicht, Julie?«

»Was denn? Was für ein …? Und dann dämmerte mir, was er meinte. Über uns blinkte der Leuchtturm sein Leuchtfeuer in die Nacht. Und da wir direkt darunter standen, sah es ganz anders aus, als das, was man aus einiger Entfernung sehen konnte. »Ja, jetzt sehe ich es auch.« Fasziniert schaute ich den Lichtstrahlen hinterher, die um uns herumtanzten und aus sechzig Metern Höhe schräg nach unten auf die Erde fielen. So sah es aus, als wären wir mitten in einem Zirkuszelt. Es war zauberhaft, irgendwie magisch und einmalig.

»Das ist ja voll romantisch«, flüsterte ich und folgte mit meinem Blick den Strahlen, unter denen ich mich jetzt geborgen fühlte.

»Kurz – kurz – lang! Das ist das Leuchtfeuer von Norderney«, klärte Sven mich auf.

Im Kopf zählte ich die Sekunden mit, beobachtete die Zeitabstände, den Lichtschein und kuschelte mich an Sven. Auf was für Ideen dieser Mann kam! Er hatte mich mal wieder verzaubert.

»Sieh mich mal an«, sagte ich und zog ihn an seinem Bart ganz sanft zu mir heran. So nah, bis unsere Münder sich berührten. Erst kurz, dann nochmals kurz und dann lang, unendlich lang, so küssten wir uns.

»Ich hole uns eine Decke aus dem Auto. Bleib du mal hier. Ist jetzt ja doch ganz schön kalt geworden.« Schnell war er in der Dunkelheit verschwunden, kam aber ebenso schnell zurück. Wir breiteten die Decke über uns aus und Sven ließ den Deckel einer Proseccodose aufploppen. Kichernd erinnerte ich mich daran, als er mich zum ersten Mal mit einer Dose Mädchenbrause beeindruckt hatte.

»Du Schlitzohr! Das hast du ja schön eingefädelt.«

Er steckte zwei Trinkhalme in die Dose und meinte, dass ich auch ein kleines Schlückchen trinken dürfte. Unsere Nasen rieben sich aneinander und die Seepferdchen tanzten wild in meinem Bauch. Das war wieder so ein Moment, den ich niemals vergessen werde.

»Ich musste es dir einfach zeigen, Julie. Weil du mein Leuchtfeuer bist.«

»Und du, meine lieber Sven, du bist mein Anker.« Tränen der Rührung und des Glücks liefen mir übers Gesicht.

»Du erhellst meine Nacht, mein Schatz, und zeigst mir die Richtung. Solange du für mich brennst, kann mir nichts geschehen. Du …« Sven wurde richtig poetisch. Er hätte noch stundenlang so weiterreden können, vermutete ich.

»Psst, sag nichts mehr. Ich bin soo glücklich!«

Unsere Finger verschränkten sich ineinander und unsere innigen Küsse wärmten uns dermaßen auf, dass wir ganz schön heiß wurden.

»Kurz-kurz-lang! Wollen wir damit zuhause weitermachen?«

Nichts lieber als das! Zehn Minuten später stand unser Auto auf dem Inselparkplatz und mein Leuchtturmspezialist ruhte in meinem Bett. In dieser Nacht erfanden wir unsere *persönliche Leuchtfeuernummer*. Doch das blieb unser Geheimnis.

20. Kapitel

Auf meiner Hochzeitsliste setzte ich hinter alle Punkte einen Haken und in mein Bullet-Journal malte ich rosa Herzchen. Ich träumte vor mich hin. Geschafft! Mein großer Tag konnte kommen.

Meine Wetterapp und auch der Nomo sagten für morgen einen freundlichen, sonnigen Tag mit angenehmen Temperaturen und einer leichten Brise vorher. Ein Hauch von Sommer und der Duft von Liebe lagen in der Luft. Am Wegesrand blühten überall rosarote Heckenrosen und Hunderte von Kaninchen hoppelten, sich fröhlich vermehrend, über sämtliche Grünflächen und Dünen der Insel.

Gretje schickte uns nachmittags ein Foto, das sie auf der Terrasse der Marienhöhe zeigte. Zweimal musste ich hinschauen. War das dieselbe alte Frau, die wir in Ostfriesland kennengelernt hatten? Auf dem Selfie sah sie einfach umwerfend aus! Ihre unzähligen Falten um die Augen versteckte sie hinter einer riesigen Sonnenbrille. Da sie extra beim Friseur gewesen war, trug sie, um ihre Frisur zu schützen, ein schickes Kopftuch. In dem Aufzug sah sie aus wie eine Diva, die bereit war, eine Spritztour mit einem Cabrio zu machen.

»Cool! Sieh dir das mal an, Sven. Unsere Gretje macht sich.«

»Richtig heiß sieht sie aus.« Ausgiebig betrachtete er das Foto. »Gretje ist eine wahre Schönheit, auch in ihrem Alter noch. Ob wir beide dann wohl auch noch so gut drauf sind?«

»Ach schau mal, meine Eltern!«

Das Selfie zeigte sie lachend mit einem Norderneyer Brauhausbier in der Hand.

»Was meinst du, wollen wir hingehen und ihnen guten Tag sagen? Wir haben ja soweit alles erledigt.«

Sven war sofort einverstanden und wir spazierten los. Wir stiegen den Weg zur Marienhöhe hoch und entdeckten Gretje und Piet auf den ersten Blick. Piet war auch beim Friseur gewesen, seine Haare standen nicht mehr in alle Richtungen ab, sondern nur noch nach oben.

»Ihr seht ja heiß aus! Piet, was hast du denn mit deinem Haar gemacht?«, fragte Sven und zwinkerte mir zu.

»Mit der Lady neben mir muss ich ja mithalten können. Haargel! Dat hält auch bei Sturm.«

»Extra strong«, kicherte Gretje und saugte mit spitzen Lippen an ihrem Trinkhalm.

Wir setzten uns zu dem Pärchen und ich erzählte Gretje voller Begeisterung, dass ich ihr Geld für Schuhe verballert hatte.

»Dat hab ich mir doch gedacht, Julie. Gut so!«

»Da hörst du's!«, trumpfte ich nun auf.

»Du hättest mal Svens Gesicht sehen sollen, als ich mit drei Paar Schuhen nach Hause gekommen bin.«

»Die Weiber sind doch alle gleich.« Piet gab mal wieder eine seiner Lebensweisheiten preis. »Bis auf Gretje und Julie«, berichtigte er schnell, als er sah, dass ich grad was erwidern wollte.

»Piet!« Gretje sah ihn über ihre Brillengläser scharf an, dann ließ sie ihren Blick wieder über die ruhige Nordsee schweifen. Wir verabschiedeten uns bald, liefen Hand in Hand hinunter zum Meer und schlenderten zum Weststand.

Meine Eltern entdeckten uns schon von Weitem und Mutti winkte mir mit einem Strandlaken zu.

»Wer ist denn jetzt der junge Mann?« Mama konnte so peinlich sein! Immer noch.

»Darf ich vorstellen, mein Verlobter: Dr. Sven-Gabriel Arends.« Dann prusteten wir vier los und Mutti ließ sich über Svens Frisur aus, die ihm ja viel besser stand und schmachtete ihn noch offensiver an, als bei ihrem ersten Besuch.

»Habt ihr denn schon alles erledigt? Soll ich dir beim Anziehen morgen helfen, oder dir die Haare machen?«

»Mama! Ich bin fünfunddreißig Jahre alt, ich kann mich schon alleine anziehen.«

»Ja, aber …«

»Kein Aber! Das ist lieb gemeint von dir, aber völlig überflüssig. Kommt einfach morgen um kurz vor zwölf zum Standesamt. Siehst du, da vorne, das ist der historische Badekarren. Es steht auch Standesamt dran.« Ich zeigte auf das Gefährt, das nur ein paar Meter von uns entfernt am Strand stand.

»Ich bin so aufgeregt, mein Mädchen. Wer ist denn dein Trauzeuge?«

Ich beschwichtigte sie erstmal und holte ihr noch ein

Bier. Über die Einzelheiten hatte ich mit meinen Eltern kaum gesprochen. Mutti machte große Augen, als ich ihr erzählte, dass es heutzutage auch ohne Trauzeugen geht.

»Ach? Das hab ich nicht gewusst. Und warum macht ihr das so?«

»Mama! Weil wir es so wollen.«

Ich wollte ihr unsere Gründe nicht unbedingt auf die Nase binden. Wir hatten uns kurzfristig umentschieden. Ida und Leon nahmen die Änderung gelassen hin. Sven glaubte fest daran, dass es Unglück bringen könnte, wenn Ida zum zweiten Mal seine Trauzeugin wäre. Das wollte er auf gar keinen Fall riskieren. Vielleicht störte es ihn aber auch nur, dass Leon mein Trauzeuge sein sollte. Die beiden Männer hegten noch keine allzu großen Sympathien füreinander, aber sie gaben sich beide Mühe.

***

An unserem Hochzeitsmorgen wachte ich vor Sven auf und sah ihn minutenlang an. Er schlief noch tief und fest. Ich konnte vor Aufregung nicht wieder einschlafen, auch Svens gleichmäßiger Atem änderte daran nichts. Verliebt zerzauste ich sein dunkles Haar, grub meine Finger in seinen Bart und zählte die silbernen Härchen darin, es waren noch nicht viele. Seine Lider zuckten, gleich würde er wach werden. Mit dem Finger zeichnete ich sein Profil nach, vom Haaransatz über den Nasenrücken bis zu seinen weichen Lippen. Mein Mann! Ich konnte mich nicht an ihm sattsehen.

Nach einem ausgiebigen Frühstück machten wir uns in aller Ruhe fertig und drehten uns vor dem Spiegel. Wir versicherten uns gegenseitig, was für ein schönes Paar wir waren.

Ich schminkte mich, Sven setzte mir den Kranz aufs Haar, in den ich auf seinen Wunsch einen Sanddornzweig zwischen das Weiß und Grün der anderen Blüten einflechten ließ und dann schlenderten wir Hand in Hand unserem Glück entgegen.

Über der weit geöffneten Tür des Badekarrens stand in dicken, weißen Buchstaben das Wort *Standesamt* geschrieben. Es war nicht zu übersehen. In einem Halbkreis davor schmiegten sich blauweiß gestreifte Strandkörbe eng aneinander und schirmten so den Blick für Außenstehende ab. Es wirkte wie eine kleine Strandburg, wie eine Festung für die Liebe.

Auf der Promenade blieben ein paar Urlauber stehen und schauten interessiert zu uns herüber. Sie konnten nichts von dem sehen, was bei uns geschah, sie konnten es nur hören. Die Ansprache wurde per Lautsprecher für die Hochzeitsgesellschaft in den Strandkörben übertragen.

Noch zwei Stufen bis zum Glück, dachte ich, und hüpfte leichten Schrittes hinauf. Frau Maier nahm uns freudig in Empfang und bat uns herein. In der Tür verharrte ich einen Moment, drehte mich dann noch einmal um und winkte hoheitsvoll unseren Freunden in den Strandkörben zu. Es war ein unvergesslicher Anblick, wie sie da alle saßen, unsere Liebsten.

Meine Eltern hatten es sich in dem Korb direkt gegenüber bequem gemacht. Mama tupfte sich schon jetzt verstohlen die Augen. Daneben saßen Ida und Leon händ-
chenhaltend. Auf der anderen Seite schauten Gretje und
Piet mit ernsten Gesichtern zu uns herüber. Befürchteten
sie etwa, dass einer von uns Nein sagen könnte? Hanne
Neumann teilte sich ihren Strandkorb mit Tom, der erst
heute früh angereist war. Franky und Doro winkten
zurück, wobei Franky seine Kamera zückte und Doro
mir Kusshändchen zuwarf. Unser Inselfotograf richtete
sich mit seiner Ausrüstung in einem der seitlichen Körbe
häuslich ein.

»Winken dürfen Sie nachher noch genug, jetzt wird
geheiratet!«, sagte Frau Maier bestimmt. Sie zeigte auf
die Uhr und bat uns Platz zu nehmen.

Das Gefühl, als ich realisierte, wo und an welchem
Ort ich mich befand, werde ich nie im Leben vergessen.
Dieser Ausblick!!!

Dieser Ausblick ließ mich ehrfürchtig schweigen. Eine
schöne Aussicht lag vor mir, soweit mein Auge reichte.
Die schönste Aussicht, die man sich vorstellen kann für
ein gemeinsames Leben. Es kam mir vor wie ein Traum,
in dem ich die Hauptrolle spielte.

Ich, Julie-Marie Sommer, hatte das Glück, die Ehre,
das große Vergnügen, auf der blauweiß gestreiften Bank
im wohl kleinsten Standesamt der Welt auf Norderney zu
sitzen. Außenstelle historischer Badekarren, Weststrand.
An meiner Seite der Mann meiner Träume, mein Mr.
Right, der schönste Mann, gesegnet mit einem Sinn für
Romantik, mit dem er mich immer wieder überraschte.
Vor uns auf dem Holztisch lagen in weißen Muscheln

unsere Ringe, gebettet auf blauen Samt. Unsere Standesbeamtin nahm uns gegenüber Platz und gewährte uns diesen Moment der Stille.

Mit einem weiteren Blick erfasste ich den winzig kleinen Innenraum des Hochzeitskarrens. Maximal fünf Personen fanden hier Platz, einschließlich Brautpaar und der Amtsperson. An der einen Seite hing dekorativ ein Fischernetz und neben der Tür nahm ich eine Schiffsglocke wahr. *Hochzeitsglocke!*, schoss es mir durch den Kopf. *Hochzeitsglocken für Julie und Sven!*

Die leichte Brise, die vom Meer hereinwehte, legte sich wie ein schützender Mantel um mich. Tief atmete ich die salzige Luft ein und spürte, wie meine Aufregung sich darin auflöste. Alles war gut. Das gleichmäßige Plätschern der Wellen klang in meinen Ohren wie eine Melodie der Liebe. Das Gekreische der Möwen rückte in weite Ferne und verebbte, als Frau Maier das Zeremoniell einläutete.

Ich war völlig geflasht! Meine Augen liebkosten die sanften Farben von Himmel, Meer und Strand, die zu einer harmonischen Einheit verschmolzen und mir ein malerisches Bild schenkten. Svens Daumen streichelte zart über meinen Handrücken, er drückte meine Hand und flüstere: »Julie, es ist kein Traum. Bist du nun soweit?«

»Ja«, wisperte ich, nickte unserer Standesbeamtin zu und sah sie erwartungsvoll an. Sie räusperte sich und begann mit klarer Stimme zu sprechen.

»Liebes Brautpaar!

Jede Trauung ist einmalig, ein kostbarer Moment, der unvergessen bleibt. Doch bei Ihnen, liebe Julie-Marie Som-

mer und Ihnen, lieber Herr Dr. Sven-Gabriel Arends, ist diese Trauung auch für mich etwas ganz Besonderes. In meiner langen Amtszeit auf unserer schönen Insel ist es das erste Mal, dass ich einen Bräutigam zum zweiten Mal trauen darf.«

Ich warf Sven einen Blick zu, lauschte ihren Worten, die ihm zu Herzen gingen, er blinzelte eine Träne weg. Beruhigend legte ich meine Hand auf seine.

»Und heute sind Sie beide hier, um miteinander den Bund fürs Leben einzugehen. Sie haben mir im Vorgespräch und auf der Massageliege, liebe Julie, ein wenig von sich erzählt.«

Ihrem verschmitzten Lächeln entnahm ich, dass sie unser Leben und die Antworten aus dem Fragebogen ein wenig mit dem ausschmücken würde, das ich nebenbei ausgeplaudert hatte.

»Kennengelernt haben Sie sich laut Aussage des Bräutigams im Internet und das erste Date stand unter keinem guten Stern. Es war schnell vergessen, denn in Ihrer Erinnerung, liebe Julie, fand es auf einer Massageliege statt.

Doch bevor dieses Date zustandekam, hatten sich Ihre Wege bereits hier auf Norderney gekreuzt und Sie, liebe Julie-Marie Sommer stempelten Ihren zukünftigen Mann als Blödmann ab, als alternden Held mit Angeberuhr. Das einzig Interessante an dem Mann war sein Hemd mit Blumenmuster, das Ihnen in Erinnerung geblieben ist. Letztendlich hat Sie aber ein feiner Sanddornhappen zusammengeführt.«

Sie holte Luft und schmunzelte, als sie Sven ansah. Er trug für diesen Anlass ein helles Hemd, mit eingewebtem Rosenmuster in derselben Farbe. Upps! Hatte ich ihr das

wirklich erzählt? Das musste mir bei der Massage rausgerutscht sein.

»*Sie, liebe Julie, hatten sich geschworen, nie wieder Ihr
Herz zu verschenken, doch dann begegneten Sie Sven auf
Norderney zum zweiten Mal und ergriffen die Chance, das
verunglückte Internetdate wiedergutzumachen. Wie heißt es
doch so schön? Man begegnet sich immer zweimal im Leben.*«

Mein Gott, was hatte Sven ihr denn noch alles verraten?

»*Ohne es zu merken haben Sie, liebe Julie, bei einem
Sanddornkuss Ihr Herz verloren. Die Liebe sendete Signale
wie ein Leuchtturm und führte Sie auf Ihren gemeinsamen
Weg, den Sie heute mit dem Eheversprechen besiegeln wollen.*

*Sanddorn ist, wie Sie sicherlich wissen, von Natur aus
sehr sauer und ohne Süße nicht zu genießen. Aber er ist auch
sehr gesund. In einer Ehe kann es auch mal Zeiten geben,
die bitter sind. Doch mit einer guten Portion Liebe werden
Sie Ihren Alltag versüßen und auch schwierige Zeiten meis-
tern. Liebe und eine stabile Beziehung sind der Gesundheit
förderlich. Ich nenne es Vitamin L. Das L steht für Liebe
und für Lachen, und diese zwei lebenswichtigen Nährstoffe
verordne ich Ihnen in meiner Funktion als Standesbeamtin
für Ihr weiteres Leben. Jeden Tag sollten Sie eine feine Dosis
davon einnehmen.*«

Sie zwinkerte uns zu. Das war nicht ernst gemeint.
Frau Maiers unverwechselbarer Humor zeigte sich mal
wieder. Man sah ihn ihr nicht unbedingt auf den ersten
Blick an, aber für Ihre individuellen Reden war sie über
die Grenzen Norderneys hinaus bekannt.

»*Doch nun wollen wir allmählich zum amtlichen Teil
übergehen, auch wenn ich noch viel erzählen könnte.*

Liebe Julie, Sie haben mir einmal erzählt, dass Sie die

Sommerferien immer mit Ihrer Oma auf Norderney verbracht haben. Schon damals hatten Sie sich in die Insel
verliebt, somit war es nur eine Frage der Zeit, wann das
Meerweh Sie einholen würde und Sie bei uns stranden.
Ihre Oma hat Ihnen vieles gezeigt und beigebracht und
Sie haben mir verraten, dass Ihre Oma für jede Lebens-
lage einen Spruch parat hatte. Besonders der Spruch: ›Ein
anständiges Mädchen hat immer eine Handarbeit‹ ist bei
Ihnen im Gedächtnis hängengeblieben. So wundert es mich
auch nicht, dass Sie den Beruf der Physiotherapeutin ergriffen haben und dort Ihr Können unter Beweis stellen.
Deshalb sollten wir uns diese Hände doch einmal etwas ge-
nauer ansehen.«

Oha! Die Standesbeamtin und auch Sven schauten mir
auf die Finger. Wie gut, dass ich viel Geld in eine professio-
nelle Maniküre einschließlich Nagellack investiert hatte.
An meinen Händen gab es nichts auszusetzen, sie waren
gepflegt und schön. Nur der kleine Finger war etwas sehr
kurz geraten und krumm. Von Oma geerbt. Ich wollte
schon fragen: *Was ist?*, als es nicht weiterging und meine
Hände im Mittelpunkt des Geschehens standen.

»Wirklich sehr schöne Hände, aber ich würde sagen, da
fehlt noch etwas.«

Sie zeigte auf die Ringe und setzte ihren amtlich-feier-
lichen Gesichtsausdruck auf. Wir erhoben uns von unseren Plätzen und sie sprach den vorgegebenen, amtlichen
Text, der mit der Frage endete:

»Und darum frage ich Sie, Herr Dr. Sven-Gabriel
Arends, wollen Sie die hier anwesende Julie-Marie Sommer
lieben und ehren, bis dass der Tod Euch scheidet? Dann
antworten Sie bitte mit Ja.«

»Ja. Ich will.«

So, wie Sven das *Ja* betonte, ließ es meine Knie weich werden. Seine Stimme hatte mich schon bei unserem ersten Telefonat umgehauen und jetzt, in diesem Moment tat sie es wieder.

»Und ich frage auch Sie, liebe Julie-Marie-Sommer, wollen Sie den hier anwesenden Dr. Sven-Gabriel Arends lieben und ehren, bis dass der Tod Euch scheidet? Dann antworten Sie bitte mit Ja.«

»Ja, ich will!«

Sven nahm meine Hand, küsste sie und steckte mir feierlich den Ring an den Finger. Der Ring glänzte, er sah wunderschön aus, jetzt fehlte nichts mehr. Nun war ich an der Reihe. Ich verlor mich in meerblaue Augen und steckte Sven seinen Ehering an, allerdings an die linke Hand. Die Finger der Rechten hatten ihre ursprüngliche Form noch nicht wieder erreicht.

»Hiermit erkläre ich Sie rechtmäßig zu Mann und Frau.«

Frau Maier zeigte auf das Buch des Standesamtes, in dem wir mit unserer Unterschrift den Vollzug der Ehe beurkunden mussten. Sven zögerte einen Augenblick und dann schrieb er schwungvoll: Dr. Sven-Gabriel Sommer. Meine Unterschrift setzte ich darunter. *Dann hob Frau Maier das Buch an und zum Vorschein kam ein Sanddornhappen.*

»Herzlichen Glückwunsch Herr Dr. Sommer und Frau Sommer. Sie dürfen die Braut jetzt küssen.«

Raunen und Gemurmel drang aus den Strandkörben zu uns hinauf, als unseren Gästen bewusst wurde, dass Sven meinen Namen angenommen hatte. Wir hatten es niemandem erzählt, anscheinend hatte auch keiner von ihnen damit gerechnet. Nach den ersten Schrecksekunden applaudierten sie. Erst zaghaft, aber dann immer lauter.

Wir posierten als frisch vermähltes Paar in der Tür des Badekarrens und tauchten mit unseren Blicken ineinander. Unsere Lippen fanden sich zu einem Kuss, und noch einem, und noch einem. Kurz-kurz-lang. Das Leuchtfeuer der Liebe loderte in uns.

Von allen Seiten, auch von den Zuschauern, rief man uns Komplimente und Glückwünsche zu. Die Korken der Sektflaschen knallten und verschreckten die frechen Möwen. Der Fotograf wuselte allgegenwärtig um uns herum und hielt diesen Tag für uns fest.

Ich war selig, genoss das Gefühl auf der Haut, wie der Wind mit dem zarten Stoff meines Kleides spielte. Er fuhr darunter, bauschte es auf, ließ es um meine Knie flattern und beruhigte sich wieder.

Der Fotograf hielt alles fest: Unsere Küsse und unsere tiefen Blicke, den Moment, als der Wind unter meinen Rock pfiff und ihn aufbauschte wie auf dem Poster von Marylin Monroe, das lange in meinem Zimmer hing. Den leichten Kranz auf meinem Kopf, an dem weiße Satinbändchen mit meinem Haar um die Wette flatterten, fotografierte er von allen Seiten und immer wieder unsere Hände mit den Eheringen.

Aber auch vor unseren Gästen machte er nicht Halt. Er schoss exzellente Nahaufnahmen von Gretje, als sie Piet die Fliege zurechtzupfte und von Tom, der still in seinem Korb saß und etwas in Händen hielt. Meine Mama erwischte er beim verstohlenen Tränentupfen und Papa, wie er mich voller Stolz an seine Brust drückte. Er machte herrliche Aufnahmen von Doro, die meinen Brautstrauß aufgefangen hatte und die immer wieder flüsternd oder vielleicht auch knabbernd an Franks Ohr hing.

Es gab ebenfalls fantastische Fotos von Leon in Action. Leon, der mit allen Frauen auf spielerische Art flirtete, dann Leons Hand auf Idas Po. Idas Blick, mit dem Verlangen, das darin brannte, wenn sie Leon in die Augen sah. Der Mann sah auf jedem Bild umwerfend aus, das musste ich zugeben. Aber das war nichts gegen meinen Sven.

Mein frisch angetrauter Ehemann sah auf jedem, wirklich auf jedem Foto atemberaubend gut aus. Er hatte aber auch einen exzellenten Geschmack. Zu einer leichten Stoffhose trug er ein hellblaues Jackett über dem Hemd, das bei sämtlichen Frauen irren Zuspruch fand. Gretje strich behutsam mit ihren Fingern über das eingewebte Rosenmuster, sie schnupperte daran, wie an einer echten Rose und meinte nur: »Wat 'nen Glück man, dat dat *heiße Eisen* nich auch noch selbst nach Rosen duftet.« Piet zeigte auf seine frisch rasierte Wange und forderte sie auf: »Musst hier mal schnuppern, so riecht 'nen richtigen Kerl.« Sie verdrehte die Augen nach der Schnupperaktion und blieb an ihm dran.

Unsere Standesbeamtin lichtete unser Fotograf in dem Moment ab, als sie mit uns anstieß und mit ernster Miene erklärte: »Ein drittes Mal will ich Sie, mein lieber Herr Dr. Sommer, in meinem Standesamt aber nicht wiedersehen. Nicht immer sind aller guten Dinge drei.«

Lachend gingen wir vorerst auseinander. Feiern wollten wir später in ungezwungener Atmosphäre, bei einem guten Wein, feinem Essen und mit Blick aufs Meer.

Unser Fotograf ließ uns Zwei allerdings noch nicht allein. Er hatte sich gerade erst warmgeschossen und schickte uns für Starfotos fürs Erste in die Dünen, dann mit nackten Füßen und hochgekrempelten Hosenbeinen, natürlich nur bei Sven, ins Wasser und wenig später auf eine der Buhnen, die ins Meer führen. Mit meinen leichten Stiefeln hatte ich die richtige Wahl getroffen, stellte ich zufrieden fest.

Mit jedem Foto wurden wir lockerer und alberten herum. Sven nahm mich auf den Arm, mit links. Er hörte mein Herz pochen, sagte er, als ich ihn ansah und *Chatzchen* in sein Ohr flüsterte.

»Ich habe noch eine Überraschung für dich, mein lieber Ehemann«, verriet ich ihm. »Lass uns einen Spaziergang machen.«

»Wie weit willst du denn, meine geliebte Ehefrau?«

»Das wirst du gleich sehen.«

Hand in Hand liefen wir, so wie wir waren, am Strand entlang. In der Nähe des Surfcafés bogen wir ab zu den Stufen, die auf die Promenade hinaufführten.

»Ah, ich glaube, ich weiß, was du willst.«

»Hm.«

Wir setzten uns auf die Stufen und, ich konnte es nicht verhindern, nun kamen mir die Tränen. Ich umklammerte das Liebesschloss meiner Oma mit einer Hand und weinte Freudentränen.

»Oma, bist du mit ihm einverstanden?« Ich dachte mal wieder laut und merkte es selbst nicht. Sven kannte das inzwischen und liebte diese kleine Macke an mir.

»Na, was sagt sie?«

»Sie ist begeistert und winkt uns von oben zu. Und sieh mal Sven, was ich hier habe.« Aus meinem silbernen Hochzeitsrucksackbeutel holte ich ein herzförmiges Liebesschloss hervor und legte es ins Svens Hand. *Julie-Marie und Sven-Gabriel – für immer,* war darauf eingraviert.

»*Julie! Mein Mädchen, du.*« *Sven schob seine Hand in mein Haar, suchte meinen Mund und küsste mich.* »*Du hast mir doch schon längst dein Herz geschenkt.*«

»Ja. Ich möchte, dass wir es hier hinhängen. Es einhaken in das Schloss von Melli und Tom. Machst du das?«

Sven lächelte sein verschmitztes Jungenlächeln. »Schau mal, was ich hier habe.« Er holte ein eckiges Liebesschloss mit der gleichen Inschrift aus seiner Tasche. »Damit wollte ich dich überraschen. Jetzt bist du mir zuvorgekommen. Was machen wir denn dann mit diesem hier?«

»Wir könnten es an der offiziellen Stellwand für die Hochzeitsschlösser befestigen, die am Badekarren steht. Da gehört es doch eigentlich auch hin.«

»Gute Idee, das machen wir.«

Und dann öffnete Sven den Bügel von meinem Liebesschloss, hakte ihn in den Metallbügel von dem Schloss meiner Oma ein und drehte den Schlüssel um.

Wir gingen wieder hinunter zum Strand bis dorthin, wo das Wasser unsere Füße umspielte. Sven holte weit aus und warf den Schlüssel in hohem Bogen ins Meer.

Ich kramte ein letztes Mal in meinem Beutel und beförderte eine Dose Prosecco und zwei Trinkhalme zutage. »Das sollten wir feiern. Auf die Liebe und das Leben!«

ENDE

Danke! Danke! Danke!

Liebe **Leserinnen und Leser**, ganz herzlich möchte ich mich bei Euch bedanken. Ihr seid die Menschen, für die ich schreibe und denen ich mit meinen Romanen ein paar unterhaltsame Stunden bescheren möchte.

Herzlichen Dank, liebe **Susanne Oberbeck**! Deine Hinweise und Dein Feedback waren wieder einmal sehr wertvoll für mich. Du bist die beste Testleserin, aber Du kennst auch Norderney und das Gefühl von Meerweh.

Mein herzlicher Dank gilt ebenfalls all den Menschen, die mich bei meiner Recherche vor Ort unterstützt haben:
Mit **Frau Mai**, der Standesbeamtin von Norderney, habe ich über die Liebe und die unterschiedlichen Möglichkeiten auf der Insel zu heiraten, geplaudert. Ich durfte in dem Badekarren sitzen, in dem in den Sommermonaten viele Trauungen vollzogen werden. Sie zeigte mir aber auch das kleine Häuschen, die *Hochtiedsstuv* von innen, in dem die Frischvermählten sogar die Hochzeitsnacht verbringen können.

Bei **Herrn Krüger**, dem Ausrufer der Insel, der eine wandelnde Litfaßsäule sein könnte, bedanke ich mich herzlich für seine Anregungen und unser nettes Gespräch im Conversationshaus.

Mein herzlicher Dank gilt ebenso **Eilbertus Stürenberg**, der mir aus dem Leben als echter Insulaner erzählt, und mir den Leuchtturm von Norderney, mit seinem Leuchtfeuer *Kurz-kurz-lang*, nahegebracht hat.

Ein dickes Danke möchte ich aber auch all jenen aussprechen, die am Entstehungsprozess dieses Romans beteiligt waren und mich mit Rat und Tat unterstützt haben.

He!

Mit ***He!***, dem Gruß der Insulaner, möchte ich mich
von Euch verabschieden.

Ich wünsche Euch, liebe Leserinnen und Leser,
viele schöne Momente an einem Ort,
an dem Ihr die Seele baumeln lassen könnt.
Für mich ist Norderney ein solcher Ort und dieser Ro-
man ist eine kleine Liebeserklärung an
Meine Insel – Norderney.

Über die Autorin

Rita Roth
lebt mit ihrer Familie in einer kleinen Großstadt in Norddeutschland.
Seit vielen Jahren fährt sie nach Norderney und lässt sich eine frische Nordseebrise um die Nase wehen. Bei langen Strandspaziergängen findet sie nicht nur Muscheln, sondern auch neue Ideen für weitere Geschichten.

Bisher erschienen:

INSELROMAN TEIL 1:
Sanddornküsse & Meer

INSELROMAN TEIL 2:
Sanddornpunsch & Inselzauber